SIXSENSE

SENSE

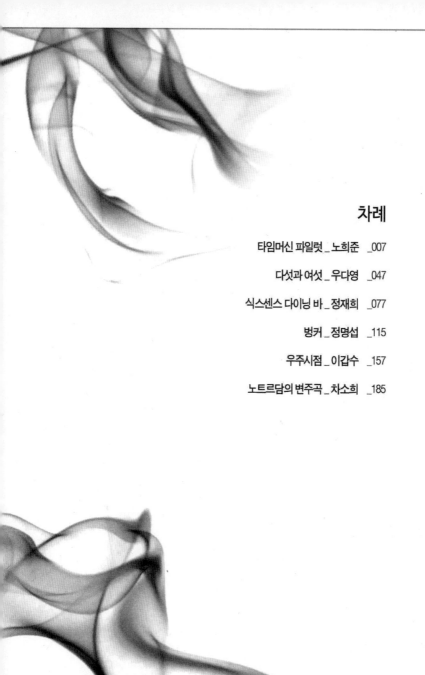

차례

타임머신 파일럿
노희준

*

폭격이 있었다.

지하 통로의 벽이 무너졌다.

미군은 점차 폭격의 범위를 좁혀왔다. 지하에 대형차고지가 있음을 아는 거였다. 기습 공격한 다음 며칠 동안 정찰기를 띄워 동태를 파악하고, 폭격 장소를 수정하는 방식으로 지하 차고의 위치를 찾아내던 중이었다.

그리고 마침내 그날 밤 정확하게 타격했다. 머리 위에서 터지는 폭탄 소리는 잘 들리지 않았다. 처음 한 번만 쾅. 그다음부터는 두개골이 종처럼 울렸다. 콘크리트 구조물이 종이처럼 일렁이는 게 보였다. 부역자들은 모래집 속에 갇힌 개미와 같았다.

각기 다른 방향으로 뛰었다. 여러 명이 콘크리트 더미에 묻혔다.

발이 엇갈려 넘어질 뻔하지 않았다면 그도 무너진 벽에 깔렸을 터였다. 겁에 질려 한동안 멈춰서 있지 않았다면 벽 안에 숨어 있던 커다란 탱크를 발견하지 못했을 것이다. 잠수선처럼 생긴 탱크였다. 둥그런 측면에 사람이 드나들라는 것임에 분명한 문이 하나 달려 있었다.

깊게 생각하지 않았다. 그는 지쳐 있었다. 새벽마다 트럭 밑에서 불을 지피는 일에 지쳤다. 통조림 한 캔의 기름으로 열 대가 넘는 차의 하부를 닦는 일에 지쳤다. 나가면 또 북한군에게 끌려다녀야 할 거였다. 어디까지 끌려가야 할지 알 수 없었다. 하지만 어쩌면, 며칠 내로 미군이 들어와 줄지도 몰랐다.

전쟁 전 그의 직업은 도박사였다. 그는 크게 따고, 더 크게 잃었다. 하지만 사람들은 그가 딴 판만을 기억했다. 모두가 그를 럭키 보이라고 불렀다.

최대한 버텨보자. 여전히 북한군이면 처형. 미군이 와 있으면 자유. 중간이 없다는 게 그의 마음에 들었다. 이럴 때 '올인'하지 않으면 언제 하겠어.

어둠 속으로 성큼 들어가 탱크의 문을 열었다. 탱크 안은 밝았다. 그는 뇌의 일부가 텅 비는 느낌을 받았다. 나중에 생각해보니 냄새가 박멸된 공간을 처음 겪어서였다. 빛과 어둠의 경계에 서서 그는 몇 번이나 문을 닫았다 열었다 했다. 어떤 여자의 그림자를 본 것 같았으나 그건 그의 착각인듯했다.

빛은 새어 나오지 않았다.

안개처럼 고여있는 빛이었다.

**

무슨 말을 하면 믿겠어?
안 믿는다고 안 했는데…….

상윤은 천으로 잔을 닦으며 말끝을 흐렸다. 대수롭지 않은 척했
지만, 사실은 조금 무서웠다. 바의 공식 휴무일이었다. 밖에서 들
어오는 입구는 모두 잠겨 있었다. 대체 이놈은 어디로 들어온 걸
까?

청년은 한 시간 전쯤 바에 앉았다. 한 시간이나 허황된 얘기를
지껄이고 있었다.

내가 네 할아버지라고!
네네, 그간 잘 지내셨고요?

청년이 한숨을 쉬었다. 아무리 많이 봐줘도 삼십 대 초반. 귀공

자풍 얼굴이지만 살짝 촌스러웠다. 한쪽 볼과 목에 편평사마귀가 퍼져 있었다.

경찰을 부르지 않고 그냥 둔 것은 호기심 때문이었다. 자신이 외계인이라는 여자도, 전직 FBI라는 아재도 있었지만, 과거에서 온 할아버지는 처음이었다.

할아버지가 날리는 도박사였던 건 알아?

공군비행사셨다, 이놈아.

젊을 때 사진 못 봤어?

청년은 상윤 가문의 종씨와 돌림자, 선산의 위치, 예전 이 일대가 경마장이었다가 1950년에는 북한군의 지하 차고로 쓰이고 있다는 등 꽤 고급스러운 정보를 던졌다. 자료조사를 열심히 하는 미친놈도 있나. 아무도 안 믿을 얘기를 하는 사기꾼도 있나.

상윤은 이해가 안 가면 파고드는 성격이었다. 이십 대에는 꼭 별난 여자에게 빠져 별난 심리를 해부해보려다 별놈 소리를 듣고 걷어차이는 연애를 반복했다. 나이가 들면서 별난 여자는 싫어졌지만 엄한 데 꽂히는 버릇은 잘 고쳐지지 않았다.

지하에 있는 탱크…, 설마 한 번도 안 들어가 봤어?

그걸 네가 어떻게 알지? 지하 탱크의 존재는 상윤과 이 건물을 리모델링한 건축가, 그 둘만의 비밀이었다. 문화재청에 신고했다 가는 공사가 무기한 연장될까 봐 덮었지만, 혹시 몰라 통로만 뚫어 놓은 상태였다. 설마 그 탱크에서 먹고 자고 했던 건가? 몰래 잠입 해서 지하 벙커로 들어갔다가 탱크로 가는 문을 찾았다? 최근 가게 에서 술과 식자재가 손을 타는 일이 잦았다. 상윤은 혹시 직원의 짓인가 싶어 시시티브이를 열심히 돌려보곤 했다. 청년처럼 생긴 자는 보지 못했다. 더구나, 탱크의 문은 굳게 닫혀 있었다. 저주가 걸린 관처럼. 열지 말라는 친절한 경고처럼.

저건 나한테 받은 걸 텐데.
뭘 말하는지 모르겠네.
저 카메라 말이야.
저건 내가 산 건데?

청년은 픽, 웃더니 당황하는 기색 없이 대답했다.

그렇군. 나한테도 똑같은 물건이 있어서. 내가 물려준 건 줄 알 았지.

상윤이 당황한 것은 그의 말을 믿어서가 아니었다. 저 카메라는 자신이 산 것이 맞았다. 고급차 한 대 값과 회사에 다니면서 개척한 일본의 모든 연줄을 동원해서 손에 넣은, 무려 '니콘 S'였다. 왜 그랬냐고? 할아버지가 미국 기자에게 일제 카메라를 팔아 집을 장만했다는 얘기를 아버지에게 들어서였다. 어떤 카메라이기에 궁금해하다 자료를 뒤지게 되었고 자료를 뒤지다 보니 마침내 열렬히 갖고 싶어졌다.

여기가 거기였다.

할아버지가 니콘 S를 팔아 산 땅.

아버지가 건물을 세우기 전에는 할아버지의 집이었던 곳.

카메라를 갖다 놓으면 장사가 잘될 것 같았다. 특별한 보안장치까지 설치해 눈에 잘 띄는 곳에 둔 것은 누군가 알아봐 주었으면 해서였다. 바를 연지 6개월, 단 한 명도 없었다. 사진작가도, 역사학자도, 심지어 일본인 바이어들도.

자신의 집에도 비슷한 게 있다고 까부는 대학생 한 명이 있었을 뿐이었다. 일본 최초의 RF 카메라와 그 흔한 7, 80년대 SLR 장롱 카메라를 혼동하는 마당에.

1950년에서 타임리프했다고 주장하는 자가, 하필 같은 해에 나온 카메라를 지목한 거였다. 청년은 1946년 이후부터 2200년까지 어느 시간대로든 갈 수 있었지만, 1950년 9월 폭격이 있던 날의 잠깐과, 지난 몇 개월의 기간을 제외하고는 탱크의 문이 열리지 않았다고 주장했다. 즉, 청년이 어떤 카메라를 자신의 것이라고 거짓말하려면, 그 카메라는 반드시 1950년 9월 이전에 생산된 것이어야만 했다.

낡은 야전 상의를 입고, 군데군데 피부병까지 있는 애송이가 니콘 S를 안다고?

상윤은 불안해졌다. 이 모든 것이 자신의 환상일까 봐서였다. 의사의 말대로 뇌 속에 전극을 연결했어야 했나. 하지만 벌써? 의식에 문제가 생길 수 있는 건 한참 뒤의 일이라고 하지 않았나? 상윤은 코를 킁킁거려 보았다. 청년에게선 분명히 냄새가 났다. 흙으로 끓인 죽 따위가 말라붙은 냄새랄까.

원하는 게 뭐야?

상윤은 방금 닦은 크리스털 잔에 얼음 세 개, 위스키 반 잔을 따른 다음 말했다.

청년은 맥주잔을 비운 다음 바 위에 탁, 적절한 세기로 내려놓았다.

나 여기서 살래.

여기? 바에서 살겠다고?

아니 여기, 2020년.

그건 당신 맘대로 해.

네가 좀 도와줘야겠어.

뭘?

뭐긴 뭐야. 신분증도 구해주고, 그 뭣이냐 카드도 좀 만들어주고.

불법체류자인가? 상윤은 위스키 한 모금을 입안에서 굴리며 생각했다. 영국 싱글몰트 특유의 삼 단계가 선명하게 느껴졌다. 의식에 문제가 생기면 제일 먼저 미각이 둔해질 거라고 의사는 말했었다.

내가 왜 그래야 하는데?

그는 정말 몰라서 묻냐는 듯한 표정을 지었다.

내가 과거로 안 가면 너는 태어나지 않을 테니까?

손주의 목숨을 겨냥해 협박하는 할아버지라.

워낙 옛날분이라 뭘 좀 모르시는 모양인데, 요즘에는 시간여행으로 과거를 바꾸면 현재도 바뀐다고 생각하지 않아. 과거가 바뀌는 순간 두 개의 평행우주로 나뉜다고 생각하지. 바뀐 시공간과 그렇지 않은 시공간이 분할되는 거지. 그 시절에도 양자물리학은 있었을 텐데?

이놈이? 내가 아니었음 네가 이렇게 지금 부자로 살 수 있었을 것 같아? 응?

앞뒤가 안 맞는 말이었다. 너는 1950년에서 왔다며? 탱크가 땅속에 묻혀 네가 유일하게 볼 수 있었던 미래는 지금뿐이라며? 나의 할아버지가 이곳에 집을 산 건 1952년의 일이야.

당신한테 받은 거 없는데?

청년은 또 피식, 웃더니 말했다.

나는 또. 내가 큰판에서 한몫 잡는 줄 알았지.

청년의 얼굴이 어두워졌다. 덩달아 입까지 다물어버렸으므로 상윤은 오히려 조바심이 났다.

좋아. 내가 거금을 들여 너의 신분을 만들어준다 쳐. 네가 여기서 뭘 할 건데?

청년의 얼굴이 밝아졌다. 눈빛에 반딧불 같은 게 들어와 있었다.

나는 빠이롯드가 될 거야. 비행기 빠이롯드.

'빠이롯드'라니, 발음까지 연구한 건가? 상윤의 머리에 자료화면처럼, 어린 시절의 일제 만년필 광고가 스쳤다. 너는 정말 환상인가? 내 머릿속에서 나온 것이어서, 나만 아는 것들까지 주워섬길 수 있는 건가?

상윤은 파일럿 되는 방법을 알아본 적이 있었다. 한때 할아버지를 동경하여 파일럿을 꿈꾸기도 했으니까.

현재 한국에서 파일럿이 되는 방법은 두 가지뿐이야. 첫째는 항공대학교. 너는 수능을 봐야겠지. 이, 삼급은 나와야 할 텐데, 칠십 년 전에 교육받은 너한테 가능할까? 다음은 비행교육원. 합격하려면 토익 구백 점을 넘겨야 할걸? 영어를 매우 잘해야 한다는 뜻이지.

영어는 내가 잘하니까, 나는 비행교육원에 가면 되겠군.

이게 연기라면 대단한 거였다. 제일 고단수의 잔머리는 무지한 척일 테니까. 상윤은 다음 단계로 넘어갈 수밖에 없었다.

내 할아버지는 전쟁 때 미군한테서 경비행기 조종을 배웠어. 전쟁 후 공군에 편입돼서 파일럿이 되는 행운을 얻었지. 그뿐인가? 돈을 많이 벌어서 지금 이 건물이 있는 땅을 샀어. 쉽게 말해서 평생 영예롭게, 부자로 살았다는 말이지. 하지만 네가 여기에 남는다면 과연 이런 건물을 살 수 있을까?

아까는 나한테 받은 게 아니라며!

당신한테 받은 게 없다고. 당신은 내 할아버지가 아니니까.

청년은 노여운 듯한 표정을 지었다. 상윤에게 논리로 밀렸을 때 아버지가 짓던 것 같은 표정이었다. 물론, 아버지는 좀처럼 지는 사람이 아니었지만.

대체 이 건물이 얼마기에? 응?

적어도 육십억은 할걸?

억? 억이 뭐지?

천구백오십 년대에 쌀 한 가마 가격이 얼마지?

오백 원쯤 하지.

서울 집값은?

글쎄. 백만 원? 이백만 원?

이백으로 쳐도 사천 가마면 산다는 얘기네? 그거밖에 안 해?

예끼, 쌀 사천 가마가 애 이름인가.

응, 애 이름이야. 지금 쌀 한 가마는 십오만 원 정도니까. 쌀 사만 가마가 있어야 이 건물을 산다는 얘기지.

이렇게 암산을 잘하는데 내가 제정신이 아닐 리가.

빠이롯드 월봉이 얼만데?

구백만 원쯤?

건물이 육십억이면… 집은 얼만데?

글쎄 이 동네 시세면 삼십 평에 칠억 정도? 한 푼도 안 쓰고 팔 년은 일해야겠네? 그건 불가능하니까 대부분 이십 년은 걸리지. 평생 일해서 집 한 채 사고 끝나는 거야.

청년은 의외의 반응을 보였다.

내가 소학교 선생 하며 월봉으로 삼천 원 받았다. 쪽방도 아니고 삼십 평이면 백만 원은 족히 쳐. 돌아가면 삼십 년은 모아야겠는데?

의외의 반응은 계속되었다.

좋아.
뭐가?

청년이 또 다 마신 맥주잔을 탁, 내려놓더니 말했다.

돌아가겠어.

이렇게 쉽게?

네가 그랬잖아. 할아버지가 미군한테서 조종술을 배운다며. 그게 뭐?

역시, 그날의 폭격이 심상치 않더니만 내 예상이 맞았어. 북한군이 후퇴하고 미군이 그곳을 점령하는 거야. 이제야 아다리가 맞아떨어지는군. 나는 돌아가서 빠이롯드가 되는 거야. 그리고 부자가 돼서 너에게 이 땅을 물려주는 거지. 바로 그거였어!

바쁘다는 듯 바에서 풀쩍, 뛰어내리기까지 했다. 상대의 믿음을 끌어내기 위한 사기꾼의 필살기를 의심하면서도 상윤은 그를 불러 세웠다.

잠깐. 다시 앉아 봐.
뭐하러? 그냥 미친놈 봤다고 생각하고 잊어버려.
글쎄 앉아봐. 네가 꼭 들어야 할 말이 있어.

그냥은 못 보내지.
나는 너의 허점을 반드시 밝혀내야겠어.
네가 환상이라면 더더군다나.

상윤은 믿는 척하기로 했다. 안기부 출신 아버지가 상윤에게 잘 써먹던 방법이었다. 속이려고 만든 말은 그것을 사실로 가정하면 어색해지게 마련이었다. 혹은, 어느 순간 자만하여 반드시 실수한다.

일단 위스키 한 잔을 내주었다. 청년은 한 모금 마실 때마다 위스키 잔을 다시 쳐다보았다. 술병의 라벨을 흘끔거렸다. 두 번째 잔을 따라주고 상윤은 말했다.

그냥 가면 너는 총살당할 거야.

어째서? 미군이 오는 거 아니었어?

미군과 함께 남한군이 들어와. 남한군은 북한에 부역한 자들을 색출해서 전부 처형해. 마지막 한 명까지 모두 다.

그게 말이 돼? 지네가 후퇴해서 그렇게 된 건데, 우리가 뭔 죄가 있다고 우리를 죽여!

응, 말이 안 되니까 전쟁이지.

상윤은 차분하게 설명했다. 한국전쟁에서 남한군과 북한군은 양쪽 다, 경쟁적으로 적군의 부역자를 처단했다. 38선 접경에는 정권이 세 번이나 바뀌어 남자들 씨가 마른 동네도 있었다…….

네가 그걸 어떻게 아는데?

나는 한때 운동권이었으니까. 아버지가 틀렸다는 걸 증명하려고, 뭐든지 찾아 읽었으니까.

그래서, 어쩌라고. 저기 가면 죽고. 여기서 너는 신분증을 안 구해줄 거라며.

상윤은 진열장을 턱짓으로 가리키며 말했다.

저걸 가져가는 게 어때?

상윤이 가리킨 것은 카메라였다.

흐흐. 저걸 주고 살려달라고 하라고? 죽이고 카메라를 뺏겠지.
영어 잘한다며. 미군한테 기자라고 거짓말해.
걔네는 조선사람은 다 북한군인 줄 알아.
북한군이 일제 카메라를 갖고 있을 리 없잖아. 더구나 저 정도 카메라면, 당연히 엘리트라고 생각할 거야.

청년은 눈을 몇 번 끔벅이더니 말했다.

그다음은?
도망쳐. 몇 개월만 잠적해 있다가 돌아와. 그곳은 미군의 비행 장이 된다. 미군들이랑 친하게 지내다 보면 어느 날 미국 기자를 만나는 날이 올 거야. 그 기자한테 이 카메라를 팔아. 집 한 채 값은 넉넉히 줄 거야.

청년이 말도 안 된다는 듯 코웃음을 쳤다.

미국 기자가 일제 카메라를 산다고? 이런 한참 모르는 양반아, 양키들은 라이카만 써.

천구백오십일 년 겨울 이후에는 달라질 거야. 강원도에서 라이카가 모두 얼어서 멈춰버리거든. 니콘 카메라를 서브로 갖고 있던 기자만 사진을 찍는 데 성공하지. 그 뒤에는 너도나도 니콘을 찾게 돼. 미국으로 돌아갈 새가 없는 기자를 노려. 라이카만큼 비싼 값을 받을 수 있어. 아, 이런.

왜?

상윤은 말을 하면서 말이 안 된다는 사실을 깨달았다. 보존 상태가 좋다고는 해도, 일흔 살이나 먹은 카메라였다. 작동이 되는 건 확실했지만 군데군데 도장이 일어선 데가 있었다. 이런 걸 제값 주고 살 리 없다. 상윤에게서 설명을 들은 그는 주먹으로 바 테이블을 퉁, 하고 내리쳤다.

그건 걱정 마. 나한테 방법이 있어.

뭔데?

이 할아버지가 이름난 도박사잖아. 가끔씩 카메라를 들고 오는 놈들이 있어. 하지만 그러려면⋯⋯.

그러려면 뭐?

그런 판은 큰판이라 밑돈이 좀 있어야 하는데…….

얼마나?

글쎄 오십 원은 있어야 하는데.

집 절반 값을 들고 노름판에 끼겠다고?

나를 믿어. 날리는 도박사라니까.

돈 날리는 도박사 아니야?

믿어 보라니까. 이건 운명이야.

그럴 거면 뭐하러 도박을 해. 그냥 내가 준 돈으로 땅을 사고 말지.

아까 내 말을 뭐로 들었어? 생각보다 비싸다니까. 이 정도 땅이면 삼백은 해. 그리고 여기는 다른 돈을 쓰잖아. 조선은행권을 대체 어디서 구할 건데?

상윤은 금고 속에 있는 골드바를 떠올렸다. 시세로 오천만 원쯤 나가는 골드바였다. 이 카메라는 살아나는 데 쓰고, 저 돈으로 새 카메라를 얻으면…. 그러다가 상윤은 결국 이렇게 말리는 건가 싶었다. 이놈이 사기꾼이라면, 아내도 모르는 상윤의 보물 두 가지를 모두 가져가는 셈이었다. 만약 환상이라면? 이건 그냥 내가 나 자신과 나누는 대화일 뿐, 내일이 되면 모든 것은 제자리로 돌아가 있을 거였다.

내가 제정신인지, 제정신이 아닌지를 확인하기 위해 일억을 건다고?

한 달에 몇천만 원씩, 꼬박꼬박 적자를 보고 있는 이 마당에?

하지만 상윤에게는 선택할 시간조차 주어지지 않았다.

1층에서 텅, 하고 나무문이 거칠게 닫히는 소리가 났다.

저런 소리가 나는 곳은 지하 벙커에서 나오는 문뿐이었다.

누군가 벙커에서 나와 1층의 홀을 가로지르고 있었다. 불이 꺼져있을 텐데, 한 군데도 부딪치지 않았다. 계단을 한 칸씩, 한 칸씩, 올라왔다. 느렸지만, 무거운 발소리는 아니었다. 마치 일부러 천천히 올라가고 있으니 마음의 준비를 하라는 투였다.

상윤은 주방에서 칼을 꺼내왔다.

바에 나와보니 청년은 스탠드 조명을 뽑아 들고 있었다.

하지만 그들은 동시에 무기를 내려놓았다.

상윤은 곁눈으로, 청년이 노인과 자신을 번갈아 보는 것을 느꼈다.

노인은 나이에 맞지 않는 자세로 서서 또렷한 발음으로 말했다.

안돼.

뭐, 뭐가요?

금덩이 말이야. 그걸 저놈한테 주면 절대 안 돼.

중력이 세졌다 약해졌다 하는 감각이 들었다. 머릿속에 생긴 작은 심장이 그 리듬을 쫓아 엇박자로 뛰고 있었다. 역시 이 애송이는 사기꾼이라는 말일까? 그럴 리가. 저 앞에 있는 노인은 환상일 수밖에 없는데. 의심할 여지없이 완벽한 환상인데.

한 명은 환상이고, 다른 한 명이 사실인 경우는 있을 수 없었다. 더구나 다른 한 명이 나와 똑같은 환상을 보고 있다면?

둘 다 환상이거나, 둘 다 사실이어야 했다. 후자라면 타임머신이 있는 거였고, 전자라면 모든 것이 없는 거였다. 어느 쪽이건, 사기꾼은 존재하지 않는 셈이었다.

노인은 바 뒤에 있는 테이블에 앉아 다리를 꼬았다. 상윤보다 날씬했다. 상윤보다 거동이 편해 보였다.

절대로 주지 마. 곧 전 세계적으로 바이러스가 창궐하게 돼. 바는 꽤 오랫동안 장사가 안될 거야. 뭐든지 쥐고 있어. 그렇지 않으면 너는 엄청나게 고생하게 될 거야.

언제까지요? 당신 나이까지요?

노인은 나 말이야? 라고 하는 듯이 양팔을 가볍게 뻗었다 접더니 말했다.

아니. 몇 년만 고생하면 돼. 그 뒤로는 아주 잘 될 거야. 너는 충분한 돈을 벌게 돼.

노인은 바 쪽으로 걸어와 선 채로 청년의 위스키를 가져다 마셨다.

   너는 내가 고쳐줄게. 이런 어린 할아버지 말 따위는 듣지 마. 이 장사도 당장 집어치워. 금덩이와 카메라를 팔아서 그 돈으로 여행을 떠나는 거야. 뭐든지 해. 세계를 돌아다니며 길거리에서 노래를 하든지. 재밌고 즐거운 것만 해. 그냥 세를 받아먹으면 되잖아. 너한테는 평생 굶지 않을 만큼의 돈이 있어.
   자, 잠깐만요.

   상윤은 자신도 모르게 존댓말을 하고 있었다.

   몸도 건강하고, 돈도 많이 벌었다면, 뭐가 문제인데요?

   노인은 자신에게도 술잔을 가져오라는 손짓을 했다. 노인이 위스키 한 모금을 마시고 미간을 응그리자, 세월의 지도가 얼굴 곳곳에서 나타났다 사라졌다.

   행복하지 않았어.

   얼떨떨해하는 청년과 건배를 한 다음 노인은 잔을 비웠다. 입속에서 가글을 하는 듯한 소리를 냈다.

행복은 이 가게에 드나드는 예술가들의 몫이었지. 가게를 번창시키고, 너를 치료할 돈을 버느라 나는 죽도록 일해야 했어. 아, 너를 비밀리에 치료하느라 돈이 예상했던 것보다 훨씬 더 많이 들었지.

이해할 수가 없네.

약간 떨리는 목소리로 청년이 끼어들었다.

평생 여행하면서 살 거면 왜 카메라랑 금덩이만 팔지? 이 건물을 통째로 팔아버리면 되잖아. 아까 뭐, 얼마? 쌀 사만 가마? 백 살까지 살아도 일 년에 천석 부자인데….

상윤은 노인과 자신이 같은 생각을 하고 있음을 알았다. 노인이 상윤보다 조금 빨랐다.

아내가 있는데 어떻게 건물을 팔아.
뭐야, 아내 소유였어?

노인은 상윤을 보고 설핏 웃더니 대답했다.

내 소유지만 아내 동의가 있어야 팔 것 아니야.

청년은 남한군이 부역자를 처형했다는 얘기를 들었을 때만큼 흥분해서 말했다.

아니, 사내가 내 재산 내가 쓰겠다는데 아녀자 허락을 받아?

노인이 위스키 한 잔을 더 따른 다음 상윤에게 말했다.

내 말 들어. 오십 년 전에 나도 내 말 안 들었지만, 너는 내 말을 제발 좀 들었으면 좋겠네.

상윤은 궁금해졌다. 그 말은, 노인에게도 미래의 자신이 찾아왔다는 말인가?

찾아왔지. 지금 내가 하는 말과 같은 말을 했지.
정확히 같은 말인가요?
그건 모르겠어. 세월이 사십 년이나 지났으니.
근데 왜 이제 왔죠? 더 일찍 올 수도 있었을 거 아니에요.
이 어수선한 할아버지가 먼저 와야 네가 나를 믿을 것 아니야. 너는 지금 너조차 못 믿고 있잖아. 그리고 치료법이 이제 나온 걸 어떡해. 사실 몇 년 전에 나왔지만, 돈도 그렇고 나도 이래저래 준비할 게 많았다고.

아니, 나는 지금의 나를 믿어. 이제 어떻게 된 건지 확실히 알겠어. 설사 이게 환상이라고 하더라도.

당신 말대로라면 미래에서 온 사람이 과거에 영향을 미칠 수 있다는 얘기군요. 어쨌든 당신은 미래의 당신이 하자는 대로 했으니까.

그렇지. 하지만 너는 나와 다른 선택을 할 수 있어. 그렇게 해야만 하고.

그 얘기는 내가 이 사람한테 영향을 끼쳐서 과거를 바꿀 수도 있다는 뜻이라고요.

물론이지. 하지만 카메라와 금덩이를 줄 건지 말 건지는 너의 선택이라니까.

상윤은 당장 3층 라운지로 올라가 뛰어내리고 싶은 심정이 되었다. 노인은 과거 오늘의 일을 제멋대로 윤색해서 기억하고 있는 게 분명했다. 지난 사십 년 동안 무슨 일들을 겪었기에.

과거를 바꿀 수 있다면, 이 사람이 안 갈 경우 나는 태어나지 않는다는 얘기가 돼.

노인은 못 들은 척했다. 아니, 아예 못 들은 것 같기도 했다. 상윤은 계속 말했다.

저 사람이 돌아가서 죽어도 나는 태어나지 않겠지.

인생은 그렇게 논리적이지 않아. 좀 열린 사고를 가져보라고.

이거 봐요, 열린 사고? 미래의 당신이 당신을 안 데려갔으면 어떻게 됐을 것 같아요? 지금 당신은 어떻게 됐을까요?

아마도 지금쯤 죽었겠지. 죽지 않았다 해도 침대에 묶여 있게 됐거나, 그랬겠지.

그게 그거잖아. 죽었건, 운신이 불편해졌건, 당신은 여기 못 왔을 거야.

오래 사는 건 중요한 게 아니야. 어떻게 사느냐가 중요하지. 얼마나 행복하게 사느냐가 가장 중요해. 그리고 완치법은 이제야 나왔지만, 치료법은 그간에도 계속 개발되었어. 욕심만 안 부리면 너는 꽤 오랫동안 행복하게 살 수 있어.

지금 중요한 건 내가 당장 지금 존재하려면 이 사람이 카메라와 골드바를 가지고 과거로 가야 한다는 거야. 그럼 나는 당신 말대로 가난해지고, 건물은 못 팔 테고, 바를 일으켜 세우려면 건강해야 할 테고, 그럼 방법은 하나, 당신을 따라가는 수밖에 없을 테지.

나를 따라오라니까. 건강하게 만들어준다니까. 준비는 다 끝났어. 너는 이 할아버지한테 금덩이만 안 주면 돼.

이놈의 노인네 왜 이렇게 말귀를 못 알아들어. 당신을 따라갔다 오면 나는 또 과거의 나를 치료해주기 위해 죽도록 일하는 수밖에 없다고. 과거를 바꿀 수 있는 게 아니야. 이 순환의 어느 한 지점이라도 틀어지면 모든 함숫값이 붕괴하는 거지.

노인은 나는 모르는 얘기라는 듯 위스키만 홀짝거리고 있었다. 청년만이 상윤의 얘기를 알아들은 것 같았다.

그렇군. 그럼 나는 돌아가서, 예정대로 카메라를 팔고, 이 건물을 반드시 사야만 하겠군. 그렇게 하지 않으면 시간이 한 번 더 돌았을 때…….
그래, 너는 돌아가서 총살당해 죽을 거고 나는 태어나지 않겠지.

청년은 총살 얘기 때문인지 공연히 화를 냈다.

근데 너는 왜 너한텐 존대하고, 나한테는 반말하는 거니? 할아버지한테 버릇없이.

하지만 곧 고개를 숙이고 머리를 쥐어뜯으며 말했다.

이것도 돌고 돌겠지. 빌어먹을.

노인의 고집은 꽤 오래갔다. 상윤은 말을 바꿔가며 설명했지만, 노인은 인생이 논리가 아니더란 말을 반복했으므로 대화는 곧 끝날 운명이었다. 바는 침묵으로 가라앉았다. 노인이 잔 속의 얼음을 딸캉, 딸캉, 흔드는 소리만이 남았다. 노인은 그렇게 고장 난 종소리 같은 것을 내다가 갑자기 납득했다.

그래, 이 소리였어.

위스키 잔을 흔드는 자신의 손을 바라보다가 눈물을 흘리기 시작했다.

이 소리를 들으면서 나는 저런 멍청한 노인네가 되지 말아야지 결심했는데 지금 내가 또 이러고 있네. 또 내가 이러고 있어.

여전히 위스키 잔을 흔드는 채로 노인이 말했다. 눈물을 흘리면서도 손의 운동을 멈추지 못했다. 마치 자신의 손을 움직이는 건 자신이 아니라 위스키 잔이라는 듯이. 혹은 그 안에 들어 있는 얼음 조각들의 공전 때문이라는 듯이.

한 가지 이해가 안 되는 게 있습니다.

청년이 노인에게 존댓말로 말했다.

뭐가 말입니까.

노인도 존댓말로 대꾸했다.

저 타임머신의 다이얼은 왜 1946년부터 2200년까지만 움직일까요? 왜 2020년에만 땅 밖으로 나올 수 있을까요?

이제 곧 내가, 아니 이 앞에 있는 사장이 탱크가 있는 지하 공간을 묻어 버리기 때문이에요. 그리고 지금뿐 아니라 사십 년 뒤에도 잠깐 열립니다. 내가 이 사람을, 그러니까 과거의 나를 데려가 수술을 시켜주는 동안. 고작 며칠이라 당신이 그 틈새를 못 찾은 거지.

노인은 두 번째 질문에만 대답했다. 첫 번째 질문은 상윤의 몫이었다. 그러고 보니 아버지는 상윤에게 물리학을 알아야 한다고 강조했었다. 소설을 읽는 건 싫어했지만 공상과학소설은 전집으로 사서 꽂아놓았다.

반 스토쿰의 방정식 때문이에요. 타임머신은 만들 수 있지만, 타임머신이 만들어지기 전으로는 시간여행을 할 수 없다는. 아마도 타임머신이 1946년에 설치됐겠죠. 다이얼이 2200까지밖에 없는 건…… 혹시 그때 인류가 멸망한 게 아닐까요?

상윤은 두 사람 모두에게 눈썹을 한번 으쓱해 보였다. 노인과 청년이 거의 동시에 지금 그게 문제냐는 듯한 몸짓을 했다.

잠시 후 청년이 탄식하듯 물었다.

정말 아무것도 내 맘대로 못한단 말이에요? 아무것도?

노인이 청년의 어깨를 몇 번 가볍게 토닥였다.
상윤이 잔을 들었고 세 사람은 말없이 건배했다.
아무도 위스키 잔의 얼음을 흔들지 않았다.
아무도 더는 서로에게 질문하지 않았다.

이게 정말 환상이 아니라면…….

진열장의 카메라를 흘끗 쳐다보며 상윤은 생각했다. 생각하자마
자 그런 생각을 했다는 사실을 잊어버렸다.

깨끗이 잊을 수라도 있었으면 좋겠네.

***

모나는 의자 위에 앉은 채 하품을 하고 기지개를 켰다.
동료 케이시가 다가와 모나의 어깨를 살짝 짚으며 말했다.

가자.

지금?

그럼 언제?

오후 세 시. 두 사람은 손을 잡고 우주끈 연구소의 복도를 걸었다. 수수한 옷차림이었고, 짐은 없었다. 손목에 팔찌 모양의 단말기를 하나씩 달고 있을 뿐이었다.

연구소에서 나와서는 반중력 자동차에 올라탔다. 자동차는 일 미터쯤 부상하여 풀밭 위를 달렸다. 풀밭 주변으로 숲이 울창했다. 숲에서는 다양한 냄새가 났다. 어떤 냄새도 다른 냄새보다 강하게 나지 않아, 마치 그것은 여러 가지 맛을 적절하게 뒤섞은 요리처럼 느껴졌다.

요즘 어때?

뭐가?

매일매일 할아버지들이랑 사는 기분이 어떠냐고.

모나는 자신도 모르게 잡은 손에 움찔, 힘을 주며 웃었다. 나뭇잎들을 통과한 햇빛이 모나의 얼굴에 섬세하고 신비로운 물결들을 그리고 있었다.

음…… 보면 볼수록 익숙하지 않은 기분이랄까?

그래?

응…… 참 빻는다 싶다가도…….

응? 빻는 게 뭐야?

아, 미안. 내가 며칠 심취해서 그 시대 말이 입에 붙어 버렸네.

모나는 우주끈 연구소의 양자—운명 부서에 근무하고 있었다. 시간여행국이 축소되면서 생긴 부서였다. 최근 모나는 두 세기 전, 자신의 부계 쪽 선조들이 찍힌 홀로그램을 분석하는데 몰두해 있었다.

1930년대부터 50년대까지 세계 각지에 캡슐이 설치되었다. 물론 그때는 시간여행 기술이 없었다. 미래에 대비하여 미리 캡슐을 심어놓았을 뿐이었다. 백 년 전쯤 드디어 개발된 타임머신은 가동된 지 일 년 만에 영구 폐기되었지만, 그때 파견된 나노봇들이 찍은 홀로그램 영상들은 남아 있었다.

사실은 사건이 좀 있었다.

우주끈 연구소에서 소심하게 시간여행 실험을 진행하고 있을 때, 그러니까 로봇들을 과거로 보내 캡슐에 시간여행장치를 설치하고 있을 때, 그 시대의 민간인 한 명이 완성된 캡슐에 올라타 자유여행을 하는 사건이 발생했던 것이다. 그 민간인은 미래의 손자와 접촉했고, 손자 역시 수십 년 뒤 시간여행을 감행해 과거의 자신과 조우했다. 물론 그 감행을 예측해낸 시간여행국의 통제된

묵인하에서였지만.

아빠는 통 부끄러워해서, 모나는 사건의 주인공이 자신의 부계 선조라는 얘기를 엄마에게 들었다. 대체 어떤 사람들일까 궁금해하다가 타임머신에 관심을 갖게 되었고, 그 결과 시간─양자 전문가로 성장해 불과 한 달 전, 시간여행 홀로그램에 접근할 수 있는 보안등급을 따낸 것이었다.

모나의 할아버지들은 유명했다. 그들은 우연히, 시간여행이 아무것도 바꿀 수 없음을 몸소 증명했다. 아쉽게도 그들을 존경하는 사람은 없었지만, 그들이 인류 역사상 가장 중요한 인물들이라는 사실에는 모두가 동의하고 있었다.

네 할아버지들은 자신들이 인류의 미래를 바꾸었다는 걸 알까?

숲이 지나가고 초원지대가 펼쳐졌다. 멀리 뛰어가는 말들의 무리에 먼눈팔던 케이시가 혼잣말처럼 물었다.

그럴 리가.

모나는 여전히 웃는 얼굴로 말했다.

온 세상에 알려질 줄 알았으면 좀 더 멋있게 보이려고 노력했겠지.

나는 너한테 말로만 들었지만, 멋있지 않을 것도 없지 않나?

정말 그렇게 생각해?

그렇잖아, 그 시대 사람들은 다 자기 잘난 맛에 살았다며. 비폭력적으로 합의에 도달한 것만으로도 훌륭한 거 아닌가.

모나와 함께 홀로그램팀에 있는 동료도 비슷한 얘기를 했었다.

얼결에 한 거라 더 간지나지 않아? 세상에 영향을 끼치려고 산 사람들, 한심하잖아.

그때 모나는 웃음기를 좀 거두고 말했었다.

그것도 그냥 시간의 끈이 그렇게 정해져 있었던 거잖아. 사람을 그런 식으로 가르는 건 시간―양자적이지 못해.

케이시에게는 그런 식으로 말한 적이 없었다. 모나는 케이시에게 그런 식으로 말할 수 없도록 시간―양자화되어 있었다. 모나와 케이시의 관계가 특별한 건 아니었다. 사실상 우주의 모든 일은 시간―양자적으로 중립적일 것일 테니까.

타임머신이 과거도, 미래도 바꿀 수 없다는 사실이 알려지자, 과학자들은 철학자가 되었다. 혹은, 유신론자가 되었다. 사람들은 더 이상 열심히 살지 않았다. 모나처럼 무언가에 파고들고 싶어

하는 사람만이 열심히 살았다. 대다수의 사람은 더는 타인과 경쟁하거나 싸우기를 원치 않았으며 마침내는 자연을 학대하는 짓도 그만하고 싶어 했다. 몇몇 핵심기술들은 계속해서 발전했지만 21세기의 물건들은 대부분 사라졌다. 물건들이 멸종하자 생물들은 번성했다. 인간만이 개체 수가 줄어 백억에 달하던 인구는 현재 이십억 수준으로 떨어져 있었다.

세상은 느리고, 지루하고, 예측 가능한 곳이 되었다.

계속 볼 거야?

뭘?

너의 할아버지들.

모나는 설치류의 일종처럼 입을 오물거리다가 대답했다.

가끔 그런 생각이 들 때가 있어.

응, 어떤?

내가 볼 때마다 할아버지들의 시간이 한 바퀴씩 더 돌아가는 게 아닐까 하는 생각. 그래서 더 보게도 되고, 이제는 그만 봐야지 하는 마음이 들기도 해.

반중력 자동차가 주변의 생태계를 고려하면서 지어진 목조주택 앞에 멈추었다. 부드러운 흙 위로 폴짝 뛰어내린 모나를 케이시가

불러 세웠다. 반중력 자동차는 그들의 대화를 인식해 잠시 멈춰
서 있었다.

한 가지는 확실해.

뭔데?

네가 할아버지들을 보는 것처럼, 누군가는 우리를 보고 있다는
거야. 그러니까 네가 그만둬도, 그 누군가는 네 할아버지들도 계속
보아줄걸?

말도 안 돼. 인간이 타임머신 프로젝트를 다시 가동하게 될 거라
는 얘기야?

모나가 약간 걱정스러운 얼굴로 묻자, 케이시는 하늘을 향해
팔을 약간 벌리는 포즈를 취했다.

그렇지 않다면 어떻게 영원히 반복되는 시간의 끈이 존재하겠
어. 누군가가 보아주는 눈이 없다면.

모나는 그제야 케이시의 의도를 알아차렸다. 모나도 케이시에
대해서 그렇게 생각했다. 모든 것은 정해져 있지만, 정해져 있어서
특별하기도 하다. 모나와 케이시의 관계가 그랬다. 영원히 케이시
와 다시 만나게 되어도 상관없었다. 영원히 반복해도 부끄럽거나
후회되지 않는 삶을 살아야 한다. 모나는 지금의 자신이 그렇게

살고 있다고 확신했다.

대답 대신 발뒤꿈치를 살짝 들었다 놓으며 수줍게 웃었다.

케이시가 손을 흔들며 떠난 뒤에도 한동안 집 안에 들어가지 않았다.

풀밭 위를 어슬렁거리다, 자신에게 다가온 사슴 한 마리를 쓰다 듬어 주고는, 고개를 들어 하늘을 보았다.

하늘색인 하늘 아래 반중력 비행기 한 대가,

물속을 헤엄치는 물고기처럼 날고 있었다.

이번 생은 망했어. 다시 살면 어떨까?

그때 그랬으면, 아니 저랬으면 나는 지금 어떻게 됐을까?

수없이 생각하다가 비로소 알게 되었다.

나는 이미 열두 번째로 이 삶을 다시 살고 있으며 지난 열한 번에 비하면 이번은 꽤 훌륭한 편이라는 것을, 졸음을 참고 출근하던 어느 화창한 날 아침에 불현듯 기억해냈다.

그러자 나의 여섯 번째 감각이 되돌아왔다.

과거와 현재와 미래를 자유롭게 오갈 수 있는 나의 오래된 능력.

회고해 보면 내가 아닌 다른 것에 빠졌을 때 가장 행복했던 것 같다. 어린 시절에 성악, 고등학교 때 그림. 책에 빠졌을 때, 사랑에 빠졌을 때. 어쨌거나 삶의 화살표가 나를 향하고 있지 않았을 때.

나의 식스센스가 그러는데 이번 인류는 또 망했단다. 이번에도 실패하면 일곱 번째인데 번번이 같은 선택을 하고 있단다. 노름꾼처럼, 돈을 벌 수 있다는 기대감에 부풀어 우리는 삼림을 팔아넘겼지. 바다를 오염시켰지. 현재를 저당 잡히고, 미래의 빚까지 끌어다 쓰는 중이지.

그러니까 이제 그만하자는 취지에서.

나의 행복에 그만 집착하고 자연을 사랑하고, 지구를 사랑하자는 의미에서.

인간 이외의 다른 것에 한번 푹 빠져보자는 마음에서 썼다.

일곱 번째 지구는 이미 망했지만. 지금의 기억은 분명 다음 지구에 전해질 테니.

우리 마지막까지 열심히 살아요, 여러분.

여덟 번째 지구에서 우리 모두 다시 만날 때까지.

노희준

다섯과 여섯
우다영

*

갈라지는 길 사이에 자리한 따뜻한 불빛의 다이닝 바를 보자 문득 한잔하고 싶은 생각이 간절해졌다. 통유리 너머로 보이는 내부는 깨끗하고 아늑해 보였고 좋아하는 사람들과 무언가 내가 알지 못하는 즐거운 이야기를 나누며 식사를 하는 사람들이 보였다. 나는 오랜 시간 어둡고 텅 빈 거리를 걸은 상태여서 몹시 배가 고팠다. 오늘은 내 생일이니까 그럴듯한 음식과 술을 먹으며 조금 쉬는 것도 나쁘지 않겠지. 속으로 생각하며 천천히 다이닝 바의 문을 열었다.

1층에는 마침 파티를 하는 사람들이 있었다. 아마도 누군가의 생일을 축하하는 모양새여서 나는 내심 놀랐다. 부드러운 조명 아래 좋은 옷을 차려입은, 그러나 아직 아이 같은 얼굴이 남은 어린 여자들이 커다란 테이블을 차지하고 웃고 있었다. 그녀들은 테이블 위에 예쁘게 플레이트 된 큼직한 접시들을 한가득 늘여

놓고 얼음 버킷에 담긴 차가운 샴페인을 마시며 케이크를 나눠
먹었다.

나는 떠들썩한 1층을 지나 조용하고 좀 더 어두운 2층으로 안내
됐다. 머리 위에 색색의 술병들과 거꾸로 매달린 유리잔이 있는
근사한 바에는 몸에 꼭 맞는 양복을 입은 중년 남자가 혼자 아드벡
을 한 병 마시고 있었고, 안쪽에 큰 창이 있고 바깥쪽에 하얀 커튼
이 달린 반 오픈형 룸에는 기네스를 마시고 있는 젊은 연인이 있었
다. 나는 바 한쪽 끝에 앉았다.

보드카를 빠르게 한잔 마시고 음식이 나오기 전에 시원하게 마
실 수 있는 칵테일을 찾자 잘생긴 바텐더가 롱아일랜드 아이스티
를 만들어주었다. 그는 불필요한 말을 걸지 않으며 적당히 친절하
고 적당히 무심한 태도로 바의 두 손님을 둘러보았다.

주문한 빵과 치킨이 든 로제 파스타가 나왔는데 바에서 먹기에
어울리지 않는 푸짐한 양이어서 나는 조금 민망해졌다. 먹어보니
맛이 아주 좋았다. 술을 마시는 것도 잊고 허겁지겁 배를 채우고
있을 때 뒤쪽 룸에서 내가 먹는 것과 같은 파스타를 주문하는 소리
가 들렸다.

"이제 배가 고파졌어."

여자가 가느다란 목소리로 말했다.

"그래, 우린 거의 빈속에 계속 술만 마셨으니까."

남자가 다정하게 말했다.

나는 다 먹은 접시를 치우고 향긋한 몽키47 진을 스트레이트로

주문하며 두 사람이 나누는 대화에 은근히 귀를 기울였다.

돌아가는 이야기를 들어보니 둘은 만난 지 얼마 되지 않은 커플이었다. 남자는 꽤 규모가 큰 샐러드 판매업체의 기획자였고 여자는 라디오 피디였다. 둘 다 비교적 이른 나이에 안정적인 생활에 접어들었고, 예상대로 전문직이 가진 약간의 지루함과 피로가 있었으며, 높은 연봉과 계획적인 휴가 일정 따위가 자연스럽게 만들어내는 느긋한 여유가 느껴졌다.

남자는 돌아오는 일요일에 여자를 만나고 싶어 했지만, 여자는 예배에 가야 한다고 부드럽게 말했다. 자신이 모태신앙이며 어머니는 권사님이고, 주일에 교회에 가는 건 당연하게 지속되는 생활의 일부라고도 이야기했다. 한심하게도 남자는 그 완고함을 감춘 완곡한 거절을 눈치채지 못하고 여자를 조금 더 설득해 보았는데 이대로 가다간 여자의 기분이 상할 것 같았다. 결국 여자가 아무런 대답도 하지 않는 순간이 찾아왔다. 뒤돌아 그들이 앉은 테이블을 보지 않아도 등 뒤에서 흐르는 무겁고 냉랭한 공기를 느낄 수 있었다.

남자가 그제야 급하게 다른 화제로 이야기를 돌렸다. 그들은 여자의 선배가 주선한 소개팅으로 만났는데 바로 그 선배에 관한 이야기였다.

"갑자기 그런 사고가 생길 줄 누가 알았겠어. 그 형이 무슨 죄가 있어서……."

"오랫동안 못 일어나겠지?"

여자가 물었다.

"영영 이전처럼 걸을 수 없을지도 몰라."

여자는 잠시 생각에 잠긴 것 같았다. 그 사이 남자가 기네스를 두 잔 더 주문했는데 내가 지켜본 것만 해도 그들은 이미 엄청나게 많은 양의 기네스를 마신 상태였다.

"사실 그 선배를 처음 만났을 때 나는 별로 좋아하지 않았어."

새로운 거품의 기네스를 한 모금 마시며 여자가 나른하게 말했다.

"음 그래, 실은 무서웠어."

"형이 못되게 굴었어?"

"아니 내게 아무런 짓도 하지 않았어. 오히려 친절한 편이었지."

"그런데 왜 무서워?"

"모르니까…….."

"뭘 몰라?"

"선배가 뭘 잘못했는지 몰라서."

"형이 뭘 잘못했어?"

여자는 잠시 고민했다.

"이런 얘길 하면 네가 믿을 수 있을지 모르겠다. 그래도 듣고 싶어?"

"난 네 말이라면 다 믿지."

"선배 주위에 떠도는 귀신이 너무 많았어."

"귀신?"

"응, 귀신."

"잠깐만, 귀신이라고?"

"그래, 죽은 사람."

여자가 천천히 고개를 끄덕였다.

"나는 사실 영매야. 죽은 사람의 유령을 볼 수 있어."

잠시 침묵이 흘렀는데 남자는 갑자기 술기운이 돌기 시작한 사람처럼 반사적이고 단순하게 반응했다.

"그래 그럴 수 있지. 넌 그럴 수 있지. 근데 너희 어머니 권사님 아니시니?"

"장난 같아?"

"아니, 믿어. 진짜 믿어."

여자는 한숨을 내쉬며 천천히 이야기했다.

"아무튼 그렇게 많은 귀신을 달고도 살아 있는 사람을 처음 봐서 당황했었나 봐. 눈도 마주치지 않고 이리저리 피해 다녔지. 어떤 사연이 있는지 알 순 없지만, 선배와 죽은 사람들 사이에 분명히 어떤 인과나 인연이 있었을 테니까. 아마도 잘못한 사람이 있고 죄가 있을 테니까. 선배가 알고 있는 죄든 알지 못하는 죄든 말이야. 그런 죄가 삶을 따라다닌다는 건 무서운 일이고 그런 사람에게 어떤 일이 닥쳐올지 내심 두려웠어. 하지만 이번 사고가 나기 전까지 정말 아무런 일도 일어나지 않았지. 선배의 귀신들과 선배의 이번 불행이 과연 연관이 있을까 생각하면, 사실 잘 모르겠어. 분명한 건 내가 선배와 3년이나 같이 야근하고 야식을 먹고 사람들이 보내준 사연과 사람들이 특별하게 기억하는 노래를 들으면서 나도 모르게 선배와 선배를 따라다니는 죽음들에 익숙해져 버렸다는 거야. 평소에 유령들은 그냥 살아 있는 사람처럼 나타나 생활하고 어떤 감정을 느끼는지 알 수 없는 묘한 표정을 짓고 있어서 그들이 방송국을 오가고 식당과 휴게실에 자리하고 있는 것이 나중에는 아무렇지 않게 느껴졌어. 분명히 선배가 불러냈고 그들을 보면 선배가 연상되는 것이 당연한데도, 그 죽은 존재들이 점점 무감각한 생활의 일부가 된 거야. 그래서 나는 선배한테 소개팅도 받고 너도 만난 거지.”

“잘했네, 소개팅 잘했어.”

여자는 잠시 가만히 있다가 취한 건 아니지, 하고 물었다.

“아니면 역시 내 얘길 믿지 못하는 건가?”

“믿어!”

남자의 말이 빨라졌다.

“그런데 정말 우리 주변에 유령이 있어?”

“그럼. 유령은 어디에나 있어.”

“지금 여기에도?”

아마 여자가 짓궂은 표정을 지으며 놀렸는지 남자가 겁을 먹고 호들갑을 떨었다.

“어서 말해보래도.”

“잠깐 화장실 좀 다녀와서.”

여자는 화장실에 가고 남자는 담배를 들고 나갔다. 나는 그 커플이 나감으로써 갑자기 고요해진 바의 작은 음악 소리와 둥근 유리 볼에 든 양초의 미지근한 온기와 희미하게 남은 구운 고기 냄새를 천천히 느낄 수 있었다. 바의 오른편 끝에 앉은 중년 남자는 이제 아드벡을 반병쯤 비웠고 바 너머의 바텐더와 느슨하게 이야기를 나누기 시작한 것 같았다. 하지만 둘 다 목소리가 낮고 조용해서 내용은 잘 들리지 않았다. 내가 남은 진을 입안에 다 털어 넣은 뒤 다음엔 무엇을 마실까 고민하는 사이 여자가 내 옆에 다가와 있었다.

"기네스를 드세요. 여긴 기네스가 맛있어요."

나는 그들이 내게 말을 걸 줄 꿈에도 몰랐기 때문에 내심 놀랐지만, 티를 내지 않고 말했다.

"정말 기네스를 많이 드시던데요."

"우리는 피가 까매질 때까지 기네스를 먹어요."

여자가 웃음을 터트리며 바에 몸을 기댔다.

"어때요, 우리 테이블로 가서 같이 한잔할래요?"

갑작스러운 제안이었지만 나는 잠시 고민하다가 그렇게 하겠다고 대답했다.

바텐더가 자리를 다 옮겨 주었을 때 남자도 돌아왔다.

"이야, 서프라이즈!"

남자도 여자도 약간 취해 있었다. 들뜨고 신이 난 그들은 처음 보는 내가 오랜 친구인 양 살갑게 굴었다.

"실은 내가 영매거든요."

여자가 살짝 꼬인 혀로 말했다.

"정말입니까?"

나는 시치미를 떼고 놀라는 표정을 지었다. 여자는 남자와 나에게 자신이 영매라는 것을 처음 깨달은 일화를 조금 두서없이 들려주기 시작했다. 그러면서 우리는 빠르게 기네스를 한 잔씩 비우고 새 기네스를 주문했다.

"그래서 나는 다 알고 있다고요."

여자가 말했다.

"뭘 알아?"

남자가 물었다.

여자는 손가락으로 앞에 앉은 나를 콕 찍어 가리켰다.

"당신이 유령이라는 것."

내가 순간 얼어붙어 대답하지 못하는 사이 남자가 재미있어하며 깔깔깔 웃었다.

"딱 걸렸네! 딱 걸렸어!"

나는 기네스를 몇 모금 마시고 나서 천천히 고개를 저었다.

"나는 당신이 전혀 감을 못 잡고 있는 줄 알았어요."

여자가 자신만만한 미소를 지으며 기네스를 꿀떡꿀떡 마셨다.

"솔직히 이제는 영매라는 말도 거짓말일 거라고 단정하던 참이었거든요."

"무슨 소리! 나는 당신이 저 바에 앉을 때부터 알고 있었어요."

여자가 턱을 치켜들며 말했다.

"죽은 사람이라는 걸 말이에요."

"잠깐만 진짜 유령이라고?"

그제야 남자가 심각한 얼굴로 나를 쳐다봤다. 살짝 풀렸던 눈에 힘을 주고 미간에 인상을 썼다.

"보이는 유령도 있어?"

"특별한 순간에 정말 사람처럼 나타나는 유령들이 있어. 그럴 때 우리는 그 유령을 볼 수 있어."

여자가 차분하게 설명했다.

"맞습니다. 오늘은 제 생일이에요. 무슨 이유에선지 모르겠지만 매번 생일이 되면 어두운 길을 의식 없이 걷다가 이렇게 깨어납니다. 그리고 하룻밤 동안 이 세상에 머물다가 또 깊은 의식 너머로 사라지더라고요."

나는 여자를 바라보며 물었다.

"혹시 이런 일이 왜 일어나는지 아나요?"

"나도 몰라요. 유령을 보지만 그들에 대해서는 잘 몰라요. 뭐 사람들 속에 살지만 여전히 사람을 모르는 것과 같지 않을까요?"

"그도 그렇네요."

잠시 혼란에 빠져 입을 다물고 있던 남자가 어린아이처럼 순진하게 물었다.

"그럼 언제부터 유령이었어요?"

그건 언제 죽었느냐는 질문과도 같아서 나는 조금 웃었다.

"가족들과 여름 계곡에 갔다가 물에 빠져 죽었어요. 둘째 아들이

놓친 슬리퍼가 급물살을 타고 떠내려가는데 손에 잡힐 듯 잡히지 않는 그 작은 슬리퍼를 뭐에 홀린 듯이, 괜찮으니 그냥 놓아주고 돌아오라는 아내의 목소리도 무시한 채 자꾸자꾸 그 슬리퍼를 따라가다가 갑자기 깊어진 물속에서 균형을 잃고 이리저리 떠밀리고 바위에 머리를 부딪치고 정신을 잃고 아래로 가라앉고, 뭐 그렇게 된 거죠. 아마 칠 년 전 여름이었을 거예요."

"그럼 지금 가족들은 어떻게 지내고 있어요?"

글쎄 무얼 하고 있지? 내가 곰곰이 생각해보니 나는 아내와 두 아들에 대한 소식을 전혀 모르고 있으며, 그것을 궁금해한 적도 없다는 사실을 깨달았다. 여전히 가족들을 떠올려 보아도 내 마음속에는 어떤 감정도 일지 않았는데, 바로 그런 나의 태도를 도저히 이해할 수 없고 인정할 수 없어서 나는 충격에 빠졌다.

"매년 오늘이 되면 이렇게 깨어나서 이곳저곳을 정처 없이 헤매는데 가족들이나 생전에 알던 누군가를 찾아간 적이 한 번도 없어요……. 내가 죽었던 장소에 간 적도 없고요."

말하면서 스스로, 어떻게 그럴 수 있죠? 하는 표정을 지어 보이자 여자와 남자는 잠시 서로의 얼굴을 마주 보았다. 그리고 그들은 지금 이 순간 혼란에 빠진 유령에게 가장 필요한 건 어쩌면 위로일 거라고 판단한 모양이었다.

여자가 테이블 건너편에서 손을 뻗어 내 손등을 부드럽게 토닥였다. 살아 있는 여자의 손은 내 체온과 거의 비슷했지만 더 따뜻하게 느껴졌다.

"죽음 후에 남는 미련은 불가해한 경우가 많아요. 누구나 예상할 수 있는 그럴 만하고 그럴듯한 행동 패턴을 보이는 유령도 있지만, 전혀 그렇지 않은 경우도 있거든요."

여자의 목소리가 진심으로 걱정하는 투여서 나는 내가 생각한 것보다 내 표정이 엉망이라는 것을 눈치챘다. 진짜로 나는 갑자기 울기 시작했다.

"아니 형님. 울지 마세요, 형님."

남자가 내 옆자리로 건너와 내 등을 감싸주자 나는 더 서럽게 눈물을 쏟아냈다.

"유령이 이렇게 눈물이 많다고요? 자주 울어요, 형님?"

나는 일 년에 하루만 존재해서 잘 모르겠다고 대답하고 싶었지만 울음을 삼키느라 그럴 수 없었다. 내가 아예 고개를 숙이고 손바닥에 얼굴을 파묻자 남자가 티슈를 잔뜩 뽑아 내 손과 얼굴 사이에 넣어주었다. 한참 뒤 내가 좀 진정되자 이 술꾼 커플은 말없이 기네스 잔을 내밀었다. 차갑고 부드러운 흑맥주가 열기로 홧홧한 목구멍을 타고 넘어왔다.

"이렇게 생생하게 살아 있는데 처음엔 내가 죽었다는 게 믿기지 않았어요."

내가 갈라진 목소리로 말하자 남자와 여자는 나를 달래려고 열심히 고개를 끄덕여주었다.

"그런데 당연히 제일 먼저 찾았어야 하는 가족들을 떠올리지도 않았다는 게, 그동안 그저 배가 고프고 술이나 먹고 싶은 기분을 느꼈다는 게, 마치 진짜 완전히 다른 세계로 건너와 버린 것 같아서……."

내가 다시 울기 시작할까 봐 여자가 서둘러 말했다.

"유령이 그럴 수도 있죠. 사람의 마음도 알기 힘든데 유령의 마음은 오죽 어렵겠어요."

"고마워요."

"뭘요. 살면서 한 번도 영매다운 일을 한 적이 없는데 바로 오늘 해보네요."

"죽은 이후로 사람과 이렇게 대화하는 건 처음이에요."

"근데 정말 다를까?"

말없이 우리를 가만히 지켜보던 남자가 말했다. 두 뺨이 붉게 달아올라 있었다.

"사람과 유령의 마음 말이야."

그는 손가락으로 정확하게 여자를 한 번 가리키고 나를 한 번 가리켰다.

"내 눈에 둘은 거의 비슷한 존재로 보여."

"그야 지금은 이 유령분이 잠깐 사람이 됐으니까."

여자의 말에도 남자는 고개를 저었다.

"아니 그런 말이 아니라, 살아 있는 사람이든 죽은 사람이든 둘 다 지금 여기에 존재하는데 어떻게 그렇게 딱 잘라 구분하지?"

사람들은 정말 신기해, 하고 남자는 중얼거렸다.

"응? 뭐라고?"

여자가 웅얼거리는 남자를 수상히 여기며 물었다.

"음, 그러니까……."

남자는 취해서 풀린 눈으로 우물쭈물 여자의 눈치를 보기 시작하다, 결국 기어들어 가는 목소리로 말했다.

"화내지 않겠다고 약속해."

"제대로 말 안 해?"

벌써 호통을 치기 시작한 여자의 혀도 꼬이고 있었다. 나는 내가 살아 있을 때보다도 한참 어린 커플, 아직 죽음과는 멀고 끝에 대해 무지하며 온몸 가득 생동감 넘치는 움직임과 색과 냄새와 고통으로 가득 찬 살아 있는 아이들을 묘한 기분으로 바라봤다.

"나는 사실 외계인이야."

주눅이 든 남자가 자신 없이 말했다.

"그러니까…… 사람들이 상상할 수 있는 개념으로는 아마 외계인이 맞을 거야."

"무슨 헛소리야."

유령을 보는 여자는 외계인이라는 단어를 처음 들어보는 것처럼 황당해했다.

"네가 UFO를 타고 지구에 왔다고?"

"아냐, 그건 그냥 영화야. 나도 ET, 맨 인 블랙, 콘택트 재밌게 봤고 좋아하지만 그런 식으로 지구에 오진 않았어."

"그럼 어떻게?"

남자가 난처한 표정으로 고개를 저었다.

"그냥 겉보기에는 보통 사람으로 태어나서 보통 사람으로 살다가 죽는 것처럼 보일 거야. 하지만 나는 이곳이 아닌 외계, 정확히는 다른 차원에서 건너왔고 그건 사람들의 입장에서 보면 물리적인 세계가 아니라 오직 정신적인 세계에서 일어나는 일일 거야."

여자는 남자가 단단히 취했다고 생각하는 것 같았고 그러자 남자는 도움을 바라는 표정으로 나를 바라봤다. 하지만 황당하기는 유령인 나도 마찬가지였다.

"그냥 사람으로 태어나서 사람으로 살다가 죽는다고요?"

내가 물었다.

"네, 맞아요."

"그럼 지구인과 뭐가 다른데요? 우리랑 다를 게 없잖아요?"

옆에서 여자가 남자를 손가락으로 가리키며 '지금 이 취한 애 말을 믿는 거예요?' 하고 물었지만 남자는 아랑곳하지 않고 어려운 문제를 풀 듯 끙끙거렸다. 한참을 고민하다가 남자가 대답했다.

"형님은 유령이시잖아요."

"그렇죠."

"살아 있는 상태에서 죽은 유령의 상태가 되신 거죠. 여전히 이 세계에 존재하는 형태로요."

"그런 것 같네요."

"형태가 바뀌어도 이 세계 안에 항상 존재하고 같은 세계의 존재들과 순환하고 있는 거예요. 물이 얼음이 되고 얼음이 수증기가 되는 것처럼요. 그래서 제게는 사람과 유령은 별반 다르지 않아

보여요."

영매인 여자와 유령인 내가 순간 서로의 얼굴을 바라봤다. 어두운 조명 아래서 여자와 내 얼굴은 조금 창백하게 보였고 영락없이 취한 사람은 붉은 얼굴의 남자였지만 그는 꽤 똑똑하게 말하고 있었다.

"물론 보통 사람으로 태어난 저는 영매가 아니니까 유령을 볼 수 없어요. 하지만 어떤 염원이나 자연에 깃든 정령 같은 것을 느끼는데 저는 그들과 사람들을 구분할 수가 없어요. 당신들은 모두 어떤 상태를 지나는 가능성들이죠. 죽음은 당신들에게 끝이나 결과로 해석되지만 제게는 하나의 과정, 혹은 존재 자체의 일부로 여겨지거든요. 결정적으로 이런 맥락의 인식 차이 때문인 것 같아요. 형님이 제가 사람들과 똑같은 일생을 살기 때문에 그들과 똑같다고 여기는 것처럼요. 하지만 저는 여행자예요. 제게 이 삶은 여행이고 이 여행의 목적지를 분명하게 알고 있어요."

"목적지가 나니? 나를 지구 침공에 이용하려고? 목적지가 여기야? 기네스가 끝없이 샘솟는 곳이냐고!"

그러면서 여자는 기네스를 더 주문했다.

남자가 여자의 얼굴을 두 손으로 감싸 쥐며 말했다.

"미안해. 처음부터 속이려고 한 건 아니었어. 지구 침공 같은 것도 아니야. 우리는 사람들처럼 국가나 민족 같은 개념이 없거든. 소유에 대한 개념도 없고, 그러니까 빼앗는다는 개념도 없어. 단지 여행의 목적지를 알려주고 여행을 떠나보내는 어머니가 계시지."

"어머니?"

"아, 이건 내가 지구의 언어와 지구의 사고방식으로 비유하는 말이야. 말하자면 나 같은 여행자들이 어디에서 왔고 어디로 갈지 아는 분이지."

"왕 같은 건가? 아니면 신?"

어느새 여자는 거의 남자의 이야기를 진실로 받아들이고 있었다. 남자가 차근차근 설명했다.

"기본적으로 우리에게 왕이나 신은 존재하지 않는 개념이야. 왕과 신이 하는 역할은, 그러니까 나를 지배하고 나를 창조하는 역할은 오직 나 자신만이 할 수 있는 일이니까. 나도 지구인으로 태어나 습득하지 않았다면 그런 개념을 이해하지 못했을 거야. 음, 좀 난해하지만, 어머니는 아마도 '섭리'와 가까울 거야. 우리는 이렇게 다른 존재로 태어나기 전에는 물성을 가진 생물이라기보다 '말씀'처럼 존재하거든."

"그럼…… 너는 어머니가 알려주는 이곳으로 이 삶을 살기 위해 여행 온 외계인이라는 거야?"

"맞아, 맞아."

해맑게 고개를 끄덕이는 남자를 여자는 복잡한 심경이 드러나는 표정으로 쳐다봤다. 이게 진실이어도 문제고 주사라면 더 문제라고 생각하는 것이 분명했다.

"그래서 정말 신기했어."

남자가 말했다.

"나는 오늘 이 시간에, 이 다이닝 바에 도착해야 했거든. 이게 어머니가 알려주신 내 여행의 목적지야. 그런데 네가 먼저 이곳에 가자고 했잖아. 진짜 놀랐어. 살면서 우리가 만나는 건 나도 알수 없는 일이었는데 이쯤 되니 우리가 사람들이 말하는 운명이었나 봐."

"그건 그냥 눈앞에 보이는 술집에 가자고 한 건데……."

"아니야. 그건 정말 놀라운 선택이었고 믿을 수 없는 확률의 판단이야."

남자가 단호하게 말했다.

"너는 네가 손을 뻗어 이 다이닝 바를 가리키며 저기로 가자고 말한 게 어떤 의미인지 모르고 있어."

그리고는 나를 보고도 말했다.

"형님도 바로 오늘 이곳에 들어온 게 어떤 행동인지 모르고 있어요."

나는 그저 세상에 깨어난 단 하루에 식욕과 피로가 이끄는 대로 향했을 뿐이었다.

"아니 우리가 여기 들어온 게 대체 어떤 의미가 있는데?"

여자가 물었다. 나 역시 궁금해하며 남자를 바라봤다. 그는 잠시 망설이는 기색이었지만 결심한 듯 털어놓았다.

"사실 몇 시간 뒤면 세상이 끝날 거야. 지구뿐 아니라 온 우주가한 점으로 사라질 거야. 이 다이닝 바만 빼고."

테이블 위로 정적이 흘렀다. 바텐더가 무거운 크리스털 잔을 바 위에 달칵 내려놓고 각얼음을 채우고 온더록스 위스키를 한 잔 만드는 소리가 귓가까지 들려왔다. 남자는 거침없이 계속 말했다.

"어머니는 시공간과 차원 단위의 계산으로 이 종말을 예측하셨고, 이상한 중력의 균형으로 비틀린 시공에 있는 이 다이닝 바가 종말을 피하는 유일한 사각지대라고 판단하셨어. 말하자면 이곳은 성경에 나오는 노아의 방주야. 우리는 각자의 방법으로 우연히, 혹은 직감에 이끌려서, 혹은 정밀한 계산으로 오늘 노아의 방주에 오른 최후의 존재들이고."

"우리가 다 죽을 거라고?"

여자가 멍한 얼굴로 물었다.

"죽음이 아니라 종말이야. 그리고 그 반대지. 우리를 뺀 모두가 사라질 거야."

"그걸 알고도 이 다이닝 바에 왔다고?"

여자의 얼굴이 서서히 경악과 분노로 일그러졌다.

"이렇게 태연히 기네스나 마셔댔다고?"

"그럼 뭘 해야 했는데?"

남자가 여전히 취해서 울긋불긋해진 얼굴로 가만히 여자를 바라봤다. 여자는 할 말을 찾지 못하고 남자를 한참 노려보다가 고개를 휙 돌려 룸의 커다란 통유리 너머로 보이는 세상을 내다봤다. 어두운 거리를 밝히는 색색의 불빛과 그 빛 속에서 천천히 헤매고 있는 사람들이 보였다. 여자는 붉어진 눈으로 기네스를 마셨다. 그리고는 빈 잔을 들어 새 기네스를 주문했다.

"네 말대로 오늘 세상이 끝나고 유일한 방주인 이곳에서 살아남는 게 네 여행의 목적이라면, 대체 그런 여행에는 무슨 의미가 있는 거야? 모든 게 다 사라지고 홀로 남는 게?"

여자는 어쩐지 금방이라도 울음을 터트릴 것 같았다.

남자가 일어나 여자 곁으로 다가갔다. 그리고 여자의 손을 가볍게 잡았다.

"그건 나도 잘 모르겠어. 사람들도 이 삶이 무엇인지 모르고 살아가잖아. 나도 그냥 여행을 할 뿐이야. 나는 여행자니까."

동의하지 않느냐는 눈빛으로 남자가 나를 바라봤다. 남자와 여자는 여전히 손을 꼭 맞잡고 있는 상태였다. 나는 그 두 손을 바라보며, 어쩌면 정말 세상 최후에 남겨질 마지막 연인을 바라보며 솔직하게 대답했다.

"나는 유령일 뿐이에요. 오늘 해가 지면 나는 또다시 사라질 거고 그건 내게 종말과 다르지 않아요."

그때 바텐더가 테이블로 다가왔다. 그는 여자가 주문한 기네스 대신 와인 한 병과 한 손으로 부케처럼 펼쳐 쥔 와인잔들을 들고 왔다.

"서비스입니다."

그는 빠르고 능숙한 동작으로 구불구불한 나선 오프너를 코르크에 꽂아 넣고 그것을 빼냈다. 생각보다 달고 진한 와인향이 퍼졌다. 바텐더는 직각으로 구부린 한쪽 팔을 멋지게 뒷짐 진 채 다른 한 손으로 와인병을 잡고 우리들, 복잡한 감정으로 뒤섞였다가 어리둥절해져 두 눈만 깜빡이고 있는 사람들 앞에 붉고 향기로운 와인을 한 잔씩 따라주었다. 그러면서 이야기했다.

"저희 다이닝 바는 예전 전투기 비행장이었던 곳에 지어졌습니다. 전쟁이 끝나고 비행장은 경마장이 되었다가 빈 땅이 되었다가 감쪽같이 이런 다이닝 바가 된 건데, 사실 이곳 지하에는 아주 두껍고 견고한 벽으로 둘러싸인 벙커가 남아 있죠. 아마도 비행기 연료 창고로 쓰였던 공간을 훼손하지 않고 그 위에 건물을 세운 모양인데, 혹여 공습이 있거나 핵전쟁이 났을 때 이 주변에서 가장 안전한 장소는 바로 그 벙커일 겁니다. 마지막 보루로 아주 잘 어울리는 곳이죠."

나는 그제야 그가 우리의 대화를 다 들었다는 것을 깨달았다. 남자와 여자도 이를 눈치채고 얼굴이 빨개졌다. 다른 사람들 눈에 우리의 대화는, 그러니까 각각 자신이 영매와 유령과 외계인이라고 주장하는 취한 사람들의 종말 이야기는 허무맹랑하게 들릴 것이 분명했다. 하지만 바텐더는 혼란에 빠진 얼굴들을 찬찬히 훑으며 아주 의외의 말을 했다. 아니, 어쩌면 영매와 유령과 외계인 다음에 등장할 가장 그럴듯한 말이기도 했다.

"저는 천사입니다. 곧 시작될 종말을 알고 있고, 신탁을 받은 채 여러분을 기다리고 있었어요."

그는 여전히 한쪽 팔을 뒷짐 진 채 테이블 앞에 서 있었다. 어느새 자신의 잔에도 와인을 채운 그는 우아하게 그것을 들어 올렸다.

다들 우물쭈물하며 잔을 들어 건배했다. 맑고 예쁜 소리가 났다.

"좀 앉으세요."

여자가 말했다.

바텐더는 거절하지 않고 내 옆에 앉아 미소 지으며 우리를 바라보았다. 테이블은 전에 없이 고요한 공기가 흘렀는데 아무래도 유일하게 술에 취하지 않은 바텐더가 끼어든 것이 어색했다. 다들 그를 어떻게 받아들여야 할지 망설이고 있었다. 그가 우리를 놀리는 것 같지는 않았다. 물론 영매와 유령과 외계인인 입장에서 이제와 천사의 존재를 부정할 마음도 없었지만, 그렇다고 덜컥 그의 말을 믿기도 힘들었다.

"그러니까 정말 천사세요?"

여자가 조심스럽게 물었다.

바텐더는 그렇습니다, 하고 짧게 고개를 끄덕였다.

"그럼 정말 잠시 후에 세상이 끝나나요?"

이번에도 그는 망설이지 않고 고개를 끄덕였다.

"오늘 동이 트기 전에 모든 게 사라질 겁니다."

잠시 아무도 입을 열지 않고 무거운 생각에 잠겼다. 모두 각자가 생각하는 종말의 전경을 머릿속에 떠올리고 있었다. 한참 후 불현듯 남자가 물었다.

"그런데 우리를 기다리고 있었다는 건 무슨 말인가요? 신탁은 또 뭐죠?"

"제가 받은 신탁은 두 개였습니다. 하나는 오늘 종말이 오리라는 신탁이었고, 다른 하나는······."

그는 언뜻 공경이 담긴 목소리로 말했다.

"다섯이 모이면 여섯이 된다."

다섯이 모이면 여섯이 된다. 남자와 여자가 조용히 그를 따라 되뇌었다.

"다섯이 모이면 여섯이 된다는 게 무슨 말이죠?"

남자가 물었다.

"저도 모릅니다."

바텐더가 딱 잘라 대답했다.

"신의 뜻을 알 수는 없습니다."

"그게 뭐야."

여자가 조용히 중얼거렸다.

"그래서 세상을 구해주겠다는 거야, 말겠다는 거야."

남자가 여자의 어깨를 감싸며 슬쩍 말렸지만, 여자는 이미 화가 머리끝까지 나서 소리쳤다.

"세상이 끝날 판인데 신은 어디서 뭘 하며 이따위 신탁이나 내리고 있냐고!"

"저기 진정하고······ 일단은 너 교회 다니잖아."

"이 멍청한 외계인아. 오늘 세상이 끝나면 주일이 오겠니?"

여자는 참았던 눈물을 터트렸다.

"다섯이 모이면 뭐냐고. 여섯이 되면 뭐냐고. 그래서 좋다는 거야, 나쁘다는 거야."

"신의 뜻이 좋은지 나쁜지 우리는 알 수 없습니다."

바텐더가 천사처럼 부드러운 목소리로 여자를 달랬다. 그는 마치 성스러운 말씀을 전하듯 온화하지만 동시에 신의 천벌을 선고하듯 냉정하게 그녀를 바라봤다.

"무엇도 알 수 없지만, 이것이 신의 뜻입니다. 바로 그렇게 되리라는 것이요."

여자는 울었고 남자는 여자를 안고 달래주었다. 나는 시선을 돌려 바텐더가 사라진 텅 빈 바를 바라보았는데 혼자 아드벡을 마시던 중년 남자가 홀로 바에 앉은 채 꾸벅꾸벅 졸고 있었다. 아무도 지키지 않는 바는 고요하게 멈춘 풍경처럼 보였고 그제야 깨달았지만 1층과 3층 어디에서도 사람들 소리가 들려오지 않았다. 파티를 하는 사람들, 취한 채 웃고 떠드는 사람들의 소리가 들리지 않았다. 마치 이 다이닝 바 건물 안에 우리를 제외한 누구도 남아 있지 않은 것 같았다. 나는 잠이 든 늙은 남자를 가리키며 물었다.

"저 사람까지 다섯이 되는 건가요?"

"그렇습니다."

더는 바텐더가 아닌 천사가 대답했다.

"아마도 저분이 신이 아닐까 싶습니다."

"뭐라고요?"

거의 울음을 그친 여자가 번뜩 고개를 들었다.

"무슨 근거로요?"

"저분과 아까 잠시 이야기를 나눴습니다. 아직 건강하게 보이지만 몸 안에 이미 걷잡을 수 없이 암이 퍼진 상태라고 하더군요. 자신의 지나온 삶과 자신이 떠나면 남겨질 사람들에 대해 들려주었습니다. 세상의 종말이 오기 직전에 말이죠."

그는 잠시 작게 숨을 내쉬었다.

"신은 언제나 사람들 안에 거하시고, 천사인 저도 신을 항상 발견할 수는 없지만, 아마도 오늘 신께서 저 지친 채 죽어가는 남자 안에 깃드셨다는 생각이 듭니다."

그는 천사 같지 않게, 그냥 보통 사람처럼 이야기하고 있었다. 망설이면서. 확신하지 못하면서. 두려워하면서.

"그러니까 세상이 끝나기 직전에 신은 술에 취해 졸고 있다는 거지?"

여자가 시니컬하게 웃었다. 그녀는 잠든 남자를 깨울 듯이 몸을 일으켰지만 이내 생각이 바뀐 듯 다시 자리에 주저앉았다.

"그래요, 천사님. 사람, 유령, 외계인, 천사에 잠든 신까지 다섯이 모였네요. 이제 여섯이 된다는 거죠?"

"그렇습니다."

"여섯이 되면 무슨 일이 일어날지 알 수는 없고?"

"그렇습니다."

"그래요, 알겠어요."

여자는 언제 펑펑 울었냐는 듯 단념하며 두 손바닥을 마주쳤다.

"우리가 알 수 있는 건 언제나처럼 우리가 지금 여기에 있다는 것뿐이네요."

그럼 일단 술이나 먹죠, 하고 여자가 말했다.

천사는 더 이상 바텐더가 아니었지만 여자의 요청대로 완벽하게 꾸며진 멋진 바로 가서 맑은 보드카와 럼, 진, 몇 병의 말베크와 모스카토 다스티, 색이 예쁜 몰트위스키와 버번을 모두 가지고 왔다. 다채로운 모양의 투명하고 매끄러운 술잔들도 가져다주었다. 그가 바의 마지막 손님들을 위해 술을 준비하는 사이, 어쩌면 신일지도 모르는 남자는 깨지 않고 죽은 듯이 편안한 잠을 자고 있었다.

"자! 우리 건배해요."

기분이 풀린 여자가 외쳤다. 여자 곁에 붙어 앉은 남자도 다시 해맑게 술을 마구 입안에 털어 넣기 시작했다. 술을 좋아하고 또 술이 약한 이 외계인은 아마 종말이 오기 전에 완전히 취할 것 같았다. 천사도 절대 취하지 않을 것 같은 고고한 표정으로 술을 마셨다. 그는 쓰고 독한 술을 좋아했다. 나도 그들과 술을 마시며 때때로 문을 확인했다. 누가 우리를 찾아오는지, 누가 저 문으로 들어오는지 신경을 기울였지만, 시간이 흐르고 흐르도록 아무도 나타나지 않았다.

이제 테이블에 앉은 서로 다른 존재의 사람들은 자신의 이야기, 종말에 대한 생각, 혹시 종말이 일어나지 않는다면 하는 예상을 두서없이 이야기하고 있었다. 여자는 과거로 돌아간다면 자신이 외면했던 유령들과 이야기를 나눠보고 싶다고 말했다. 이상하게 마음에 남은 유령들을 떠올리며 어쩐지 그 유령들은 모두 외롭고 슬퍼 보였다고 이야기했다. 옆에서 듣던 남자가 아니야 아니야 하고 손가락을 흔들었다. 자기가 보기에 모든 지구인은 똑같이 외롭고 슬프다고 혀가 꼬인 소리로 말했다. 또 만약 오늘 다음이 있다면, 그러니까 어머니가 정해준 여행의 목적지 다음이 생긴다면, 여자와 늘 함께 있고 싶다고 고백했다. 그런 남자가 귀여워 여자는 어쩔 줄 몰랐다. 천사는 신과 사람들을 이으며 사는 삶에 대해 조용히 들려주었다. 그가 했던 일들, 만났던 사람들, 머물던 장소들을 들으면서 우리는 이상하게도 쓸쓸함을 느꼈다.

어느새 아주 깊은 밤이 되었고, 테이블의 모두는 이제 종말 같은 건 잊은 채 술에 취해 있었다. 나는 곧 동이 트고 내가 사라질 시간이 다가온다는 것을 알고 있었는데 분위기를 망치고 싶지 않아 아무런 말도 하지 않았다. 아주 조금 시간이 남아 있었다. 내 몸과, 내 정신이 희미해지고 희미해지다가 세상에서 완전히 사라질 시간이.

그때 문 쪽에 인기척이 느껴졌다. 밖에서 누군가 가까이 다가오는 느낌이 들었다. 그건 착각이 아니어서 잠시 후 분명히 계단을 밟는 발소리가 들려왔다. 그것을 알아챈 건 오직 나뿐이었고 때마침 모두가 즐거운 웃음을 터트렸다. 나는 열린 문을 바라보며 여섯 번째 사람, 아래에서 올라오는지 위에서 내려오는지 알 수 없는 이가 완전히 모습을 드러내길 기다렸다. 동시에 내가 사라지고 있는 것을 느꼈다. 아, 벌써인가……. 문밖의 사람은 아직 천천히 다가오고 있었고 여기 잠들었거나 재밌는 이야기에 푹 빠진 사람들은 다가오는 무엇도 짐작하지 못하고 있었다. 나는 눈에 힘을 주고 문을 바라보았다. 문을 바라보며 생각했다. 이번에 사라지면 다시 깨어날 수 있을까. 다음 생일에 여전히 세상이 남아 있다면 나는……. 아무것도 확신하지 못한 채로 나는 오직 문을 바라보았다. 이제 희미하고 부드러운 그림자가 문턱 너머에서 일렁였다. 그림자는 잠시 그 자리에 그대로 멈췄고 다가올 듯 멀어질 듯 천천히 흔들렸다.

즐겁다, 즐거워.

우리는 모두 이상한 세계를 헤매다가 이곳에 왔어.

결코 알 수 없는 신비로운 존재가 되어.

이제 곧 사라질지도 모르지만.

우다영

식스센스 다이닝 바
정재희

*

그가 지구의 북쪽에서 왔다는 사실은 중요하지 않다.

사람들은 저마다 자신이 서 있는 곳의 기준으로 북쪽을 말한다. 오직 하나의 장소밖에 없는 것처럼. 보다 북쪽, 더 많이 북쪽이라고 말해봤자 더 어긋날 뿐이었으므로 적당한 데서 그만두는 편이 나았다. 받아들이고 나니 마음이 편해졌다. 대신 재미있는 것, 자극적인 것, 맛있는 것들을 이야기하면 빨리 친해질 수 있다는 것을 알았다.

할아버지의 할머니일까, 혹은 가족처럼 지내던 누군가일까. 어쨌든, 단에게 전달되어 그를 지금 이곳에 있게 한 주소. 여러 차례 바뀐 이 나라의 주소체계를 추적해 찾아낸 동쪽 포인트의 위치는 틀림없이 여기가 맞다.

이곳 사람들의 방위 감각은 독특하다. 굽이쳐 흐르고, 때로는 수직으로 서기도 하는 강을 기준으로 남과 북을 나누었다. 이념은 좌우로 나누고 직업에는 위아래가 있었다. 하지만 스스로가 중심이었기에 그 누구도 방향을 갖지 않았다. 서로 다르다고 주장해봤자 결국 같은 나침반 속의 점이었다. 비슷한 공장에서 생산된 것들을 취향이라고 부르고 누군가를 착취해서 만든 것들을 작품이라고 칭했다. 남쪽의 자산가들은 무관심했고, 서쪽의 예술가들은 화를 냈고, 동쪽의 학자들은 쓴웃음을 지었다.

그래서 단은 이곳에 매료되었다.

무뚝뚝하게 친절한 사람들. 서로를 무시하면서 서로가 가여운 사람들.

무엇보다 음악이 좋았다.

단의 고향에는 음악이 없었다. 오로라가 음악을 대신했다. 오로라의 음률이 밤하늘에 퍼지는 날이면 모두가 고요했다. 여울에서 자꾸만 깡충깡충 뛰는 사람은 단뿐이었다. 모두가 그런 단을 웃으며 바라보았다. 하지만 단에게 그것은 저주받은 춤 같은 것이었다. 열세 번째 모래 구역 가장자리까지 춤을 추며 나아가면 비로소 마음속 깊이 느껴지던 자신 안의 **그것**.

차크라는 에너지 소모량이 너무 많은 감각이었다. 모두에게 점차 차크라를 감각하는 시간이 줄어들었다. 그들 부족에게 차크라가 사라진다는 것은 영혼이 가난해진다는 것을 의미했다. 아무도, 자신의 차크라가 사라졌다는 사실을 말하고 싶어 하지 않았다. **그것**을 찾아와야 했다. 세상 어디든, 그의 부족과는 전혀 다르게 살아가고 있는 사람들에게서만 구할 수 있었다. 유별난 성품의 소유자일수록 성공할 확률이 높았다. 현명한 비비언들의 지목에 따라 그 일은 단의 사명이 되었다.

*

새벽 2시까지 단이 하는 일은 다른 바텐더들과 같다. 3층에서 공연을 마치고 내려온 R에게 적당한 음료를 건넨다. 항상 목이 마르고 배가 고픈 사람들을 건사하느라 바쁘지만, 단의 신경은 온통 R에게 가 있다.

사람들은 R에게 환호하지 않는다. 혼자 기타 치며 노래하는 S나, 색소폰을 부는 T의 하얗고 긴 손, 예쁘고 잘생긴 보컬에 열광한다. 단 역시 R을 바라보는 것은 아니다. R의 베이스가 자아내는 빛무리를 바라본다. 뭉쳐졌다가 흩어지고 자유롭게 일렁이다 가볍게 이마를 건드리는.

빛을 머금은 진동이 굽이쳐 흐르고, 때로는 수직으로 서기도 하는 공간을 완주하면 박수 소리와 함께 현실의 시간이 돌아온다. 그제야 단은 비로소 평평하게 펴진다. 오선지의 선들처럼 가지런해진다. 하지만 단은 생각한다. 그렇다면 R만이 빚어낼 수 있는 시간은 어찌지. 과연 저 시간을 내 이마에 받아 적을 수 있을까.

가게에 오는 사람들은 타인의 욕망을 갈구했다. 성공에 대해 조언하고 행복에 대해 아는 척했지만, 사람들의 찬탄이 없으면 공허해 했다. 아무것도 바라지 않는 단의 상태를 그들은 일종의 무기력으로 이해하곤 했다.

꼬마, 네가 아직 어려서 뭘 모르는 거야.

잔 씻기가 끝나면 얼음을 깎는다. 굳이 리넨으로 남은 물방울을 닦지 않는다. 얼음을 둥글게 깎아내는 동안 물기는 충분히 마를 것이다. 카빙을 배운 지 얼마 되지 않아 숙련된 바텐더처럼 보이려면 약간의 트릭이 필요하다.

아르바이트는 정직원보다 한 시간 먼저 퇴근할 수 있다. 예지는 언제나 더 빨리 가려고 눈치를 본다. 당근과 해산물 이외에는 모두 살찌는 음식이라고 믿는 아이. 주방 캡틴의 요리는 예지가 들어온 뒤로 단순해지고 있는 것 같다. 예지를 위한 캡틴의 특별도시락은 오늘로 모두 스물여섯 번째다. 도시락은 언제나처럼 예지의 가방 옆에 슬그머니 놓인다. 그는 예지가 그 도시락을 다시 단에게 넘긴 다는 것을 알고 있을까.

오늘은 랑고스티노 새우다. 캡틴은 랑고스티노 새우를 남쪽의 맛이라고 부른다. 정교하고 풍성한 식감을 가진 셰프의 자랑. 하지만 그것은 북쪽에서도 자라고, 예지는 더 이상 새우를 먹지 않는다. 미인대회를 준비하는 예지. 캡틴의 요리를 칭찬하지만, 도시락은 남에게 넘기는 예지. 누구인지 알 수 없는 셀카를 인터넷에 부지런히 올리는 예지. 사진에서 단을 잘라내는 예지. 주방에서 식자재를 종종 빼돌리는 캡틴. 어쩔 수 없이 모른 척하는 사장.

"넌 미인대회가 그렇게 좋아?"

"그럼 당연하지."

"너랑은 다른 사람이 되는 일 같던데?"

"그래서 좋은 거야. 행복해서 눈물이 날 것 같잖아. 눈물을 딱 화장이 지워지지 않을 만큼만 흘려야 해. 무대를 우아하게 걷다가 살짝 삐끗, 해주는 거지. 삐끗하는 건 여왕만의 특권이거든. 무수리들은 절대로, 절대로, 완벽해야만 하는 거야."

"무슨 말이지? 완벽해졌는데 왜 틀려?"

"나에겐 그런 게 필요해. 절실하게 필요해."

"……넌 이미 무수히 틀려. 냅킨 하나도 제대로 못 접잖아."

"죽을래?"

"하지만 네 존재는 이미 완벽해. 일부러 틀리기 위해서 살 필요는 없어. 더구나 미스 예비신부 어워드라며. 넌 예비신부가 아니잖아. 그것도 틀려."

"말했잖아. 틀릴 수 있다는 게 아름다운 거라니까?"

"결혼하는 걸 증명해야 한다면서? 넌 남자친구조차 없잖아."

"나는 티아라를 가질 거야. 티아라가 남자친구보다 더 좋은 거야. 티아라만 가지면 모든 게 끝나."

"그럼 다이어트도 끝나는 건가?"

예지는 입을 삐죽거린 다음 바를 떠난다. 단은 가을이 오기 전에

서쪽 포인트로 이동할 예정이다. 예지의 미인대회를 보고 갈 수 있을까? 사장은 콘솔 위에 놓인 사자상을 닦고 있다. 황금색 왕관 부분을 항상 더 정성스레 닦는다. 사장은 사자를 자꾸 늑대라고 부른다. 틀린 것이야말로 아름다운 거라고? 늑대와 사자를 혼동하는 건 전혀 아름답지 않다. 사자는 둥글넓적하고 뭉툭한 단두형이고, 늑대는 가느다랗고 뺨이 긴 장두형이잖아. 늑대를 닮았다면 그건 R이지. 넓은 지도를 가진 R의 옆모습. 곱실거리는 머리카락과 날카롭게 빛나는 눈. 그에 비하면 사자의 눈은 게으르다. 사자가 지배하는 영역은 넓지 않다. 그곳에는 정확한 방위 같은 것은 존재하지 않는다.

단은 천천히 테이블을 닦고 몸을 숙여 테이블 아래 떨어진 포크나 나이프 같은 것을 줍고 커다란 샹들리에의 먼지를 턴다. 가게의 지하부터 옥탑의 라운지로 이어지는 계단까지 모두 청소할 즈음이면 가게는 텅 빌 것이다. 그는 가장 늦게까지 남는다. 가게의 신뢰를 얻기 위해서 오랜 시간이 필요했다. 사장은 표정이 없어서 속마음을 알기 힘든 사람이었다. 그는 소리를 거의 내지 않고 움직인다. 100킬로그램에 가까워지고 있는 거구임을 생각하면 오싹해지기까지 한다.

사장을 찾는 사람들은 거의 없다. 함께 공연하던 후배들이 가끔 공짜 술을 먹으러 올 뿐이다. 그들이 오면 사장은 캡틴에게 스페셜을 준비해달라고 부탁한다. 관객이 없을 것을 알면서도 흔쾌히 공연을 잡아주기도 한다. R도 관객이 없다는 점에서는 그들과 다르지 않다. 하지만 R의 음악은 다르다. 단도 알고, 사장도 알고, 심지어 사장의 후배들도 안다. 이 가게에서 유일하게 다른 방위를 가진 사람은 R뿐이었다.

"선배는 변절자야."

"그래."

"에이, 이런 타락한 예술혼 같으니."

사장을 붙잡고 끈질기게 주사를 부리던 후배가 있었다. 홍대에서 인디밴드를 하고 있다는 후배였다.

"아니 왜 여기서 아이돌을 데리고 홍보영상을 찍느냐고. 음악관둔 것도 모자라서, 이제는 귀까지 닫았냐? 음악은 말이야, 응? 음악은 듣는 사람이 없을 때 빛을 발하는 거야. 얼마나 음악이 좆 같으면, 응? 음악이 카스냐? 음악이 하이트야? 근데 여긴 왜 한국 맥주가 없어, 씨발."

구석에서 실실 웃고 있던 R이 한 시간 만에 입을 열었다.

"어이, 인디밴드."

기타리스트는 못 들은 척했다. R은 듣거나 말거나 무슨 말인가를 속삭였다.

기타리스트의 얼굴이 점점 빨갛게 변해갔다.

마치 시약 한 방울을 떨어뜨린 리트머스 시험지처럼.

십 분도 안 돼 기타리스트는 몹시 취한 척하며 은근슬쩍 술집을 나갔다.

"R이 아까 그 사람한테 뭐라고 한 거야?"

단은 R의 바로 옆에 앉아 있던 예지에게 물었다. 예지는 R이 있는 술자리에는 종종 합석하곤 했다.

"그걸 들었어?"

"못 들었으니까 묻는 거잖아."

예지는 쿡쿡 웃더니 단의 귀에다 대고 속삭였다. 단의 귀에는 예지의 숨결만 와 닿았을 뿐 아무 단어도 들려오지 않았다.

"쟤는 아직도 기타를 정확하게 쳐. 정확하려고 음악 하냐?"

"그게 무슨 말이야?"

"네가 알아들을 리가 없지."

예지는 살짝 고개를 젓고 어깨를 으쓱한 다음 말했다.

"정확하려고 음악 하냐? 와, 졸라 멋있어."

*

언제부터인가 예지는 가끔 신기한 동물이라도 보는 양, 관찰하는 눈빛으로 단을 바라보다 가만가만 숨을 내쉰다. 희미하게 미간을 찌푸릴 때도 있다. 단은 애써 무시했다.

그는 요즘 무엇이든 깊게 생각하지 않으려고 노력한다. **그것**을 찾아 차크라만 다시 생기면 그는 떠날 것이다. R에게는 고향의 오로라 같은 것이 깃들어 있었다. R이 자신의 고향에 와서 그 오로라를 본다면 R의 이마에도 차크라가 새겨질 텐데.

R의 음악이 자신의 차크라를 일깨워 주리라고 단은 굳게 믿고 있었다.

하지만 이곳의 어떤 믿음들은 단을 일깨우기는커녕 흐트러뜨릴 뿐이었다.

단이 이 동네에 처음 온 날이었다.

"전진하라, 용사들이여! 청빈한 전사들이여, 깨어나서 주위를 둘러보라! 술과 음악이 우리를 타락시킨다. 전염병은 영혼의 타락에서 시작되었다!"

황금색 마스크를 끼고 검은 깃발을 든 사람들이 전철역에서 구호를 외치고 있었다. 몇 명은 손잡이에 뱀 문양을 돋을새김한 채찍을 들었다. 그중 한 사람이 단을 발견했다. 그가 단의 머리카락 색을 보고 다가왔다.

"이단이다, 저런 놈들이 바이러스를 가져왔다. 저런 놈들이 위험하다!"

충혈되고 노란 흰자를 가진 사람들.

단은 저런 눈빛을 가진 이들을 알았다. 고향에도 저런 자들이 있었다. 바이러스는 육체만 망가트리는 것이 아니다. 핑계 대기 좋아하는 사람들의 정신을 파먹고 감각을 앗아가기도 했다.

단은 유리창에 붙어 있는 직원 구함 안내를 보지 못했다. 그는 망설이지 않고 다이닝 바 안으로 들어갔다. 미간에 깊은 주름을 잡고 창밖을 바라보던 사장은 기다렸다는 듯 단에게 앞치마를 건넸다. 일이 너무 쉽게 풀려서 이상할 정도였다. 단은 가끔 외국어를 쓰고 열심히 얼음을 깎고 칵테일을 만들고 월급을 받는다. 종종 예지와 치킨을 먹으러 간다. 매일 R의 공연을 기다리며 설거지를 한다. 꼭 차크라가 아니더라도 이 생활은 단에게 나쁘지 않다. 음악은 확실히 기분을 느슨하게 해준다. 이곳 사람들은 외국인에게 필요 이상의 관심과 친절을 베푼다. 꼭 그 때문만은 아니지만, 단은 이곳의 이상하고 다정한 사람들에게 익숙해지고 있다.

우산을 접은 단은 바로 앞 전철역으로 들어간다. 이 역의 지하에는 굳게 닫힌 문이 하나 있다. 그 문을 통과해 조금만 더 내려가면 지하 3층에 아무도 오가지 않는 유령역이 있다. 단은 그곳에 들어가 보고 싶은 욕망을 느낀다. 그곳에는 아무도 모르는 지하의 여울이 어둠 속에 흐르고 있을 것만 같다.

이곳의 장미 덤불은 일찌감치 초라해진다. 녹색 잎들이 누렇게 변해가며 에어컨 실외기가 뿜어내는 열기에 시들어 갔다. 전철역 계단을 내려갈 때마다 무릎이 후들거린다. 퇴근하고 나면 항상 다리가 아프다. 가게의 지하부터 1층의 레스토랑, 2층의 바, 3층의 야외 테라스까지 혼자 다 챙기는데 왜 사장은 월급을 올려주지 않을까? 여기 사람들은 너무 많이 일한다. 하지만 단은 R의 생일에 캡틴의 새우를 대접하고 싶다. 눈 내리는 풍경의 돔 오르골도 사고 싶다. 가족들은 눈을 본 적이 없다. 단이 사는 곳에는 눈이 내리지 않는다.

이곳에서 살기 위해서는 돈을 벌어야 하고.

고향에는 눈이 내리지 않고 새우도 없다.

눈이 온다 해도 계절은 없다.

*

R

공연하러 레스토랑이나 술집에 가면 뻔하지. 사람들은 음악을 사지 않아. 박수를 치지만 그들이 기억하는 건 우리가 아니라 흔해 빠진 곡들의 몇 구절뿐이지. 첫 곡부터 루이 암스트롱의 음악을 신청하면 김이 빠져버리기 일쑤야. 몇 곡쯤이야 상관없지만, 우리 음악을 한 곡도 못 한 날은 우울해. 잼*을 하는데 손님이 화를 낼 때도 있었어. 왜 원곡대로 하지 않냐는 거지. 대체 무슨 소리를 하는 것인지. 원래 알던 곡과 틀려야 듣는 맛이라고 아무리 설명해도 소용이 없어. 어떤 곳은 웨이터가 와서 뭐라는 줄 알아? 중요한 얘기 중이라고 볼륨 좀 줄여달라는데요? 공손을 가장해서 그런 말을 하면 공연이고 뭐고 그냥 술이나 마시고 싶어진다니까. 차가운 맥주 한잔이 간절해.

거기 바텐더 녀석, 어딘가 이상해. 서툰 한국어는 그런대로 귀엽

---

* jam : 즉흥 연주.

지만, 고개를 갸우뚱거리고 몸을 흔드는 게 잠시도 가만히 있지 못해. 자기는 음악을 집중해서 들으면 영혼이 분리되어 곤란해지는데 공연이 있는 날은 집중하지 않을 수 없다는 거야. 어쩔 수 없이 악기별로 분리해서 듣는 방식으로 억지로 감동을 줄인다는 등, 말도 안 되는 얘기를 하더라고. 묘한 녀석 같으니. 딱 하나 마음에 드는 것은 제법 괜찮은 칵테일을 내놓는다는 거야.

웬만하면 술을 먹고 작업하지 않는데 그날은 모처럼 곡을 썼어. 보통 술을 마시면 작업실에 가서 그대로 뻗어버리는데 그날은 뭐에 홀린 사람처럼 곡을 쓴 거야. 분명 공연이 끝난 뒤의 시간은 10시 35분이었는데 악상이 떠오른 것은 새벽 2시쯤이야. 녀석의 칵테일을 먹은 뒤였지. 작업실로 돌아가는 동안 영감이 사라질까 봐 바에 앉은 채로 정신없이 곡을 썼어. 완성된 악보를 보니 모처럼 가슴이 뛰더군. 작은 소리로 살살 연주해볼까 하고 슬쩍 시간을 확인하니 불과 10분밖에 흐르질 않은 거야. 시계가 고장이 난 줄 알았는데 틀림없이 그때야. 불과 십여 분 만에 이걸 완성한 거야. 그동안 내가 만든 어떤 곡보다 아름답다고 너도 말했지? 우연이겠지만, 그날 마신 칵테일이 자꾸 생각나는 것은 어쩔 수 없어. 뭐? 취해서 시계를 잘못 본 거 아니냐고? 내기하자. 내가 너한테 이 곡을 보낸 메신저의 시간이 몇 시였지? 내 말이 맞으면 오늘 술은 네가 사는 거야. 딴말하기 없기야. 계약을 주는 것은 다른 문제니까 우선 핸드폰부터 확인해보라고.

*

　탄수화물의 흡수를 막아준다는 다이어트약은 효과가 없는 것 같다. 식욕억제제를 먹으면 종일 심장이 두근거린다. 다행히 예지에게 불면증 같은 부작용은 없다. 두 개의 아르바이트를 마치고 나면 정신없이 곯아떨어진다. 약을 끊으면 식욕이 폭발해서 잔뜩 먹고 토한다. 그녀는 역류성 식도염 때문에 앉아서 자야 할 지경이 되어서야 다이어트약을 포기했다. 토하는 애들은 딱 보면 알지. 기운이 없고 예민하고 신경질적이야. 연습실 거울 속에서 눈이 마주치면 피하는 주제에, 뒤에서 예지의 캐스팅을 방해하는 것도 그 애들이다. 모델들이 잘 놀 거라는 생각은 선입견에 불과하다. 놀 힘이 있어야 놀지. 칼로리 때문에 맥주 한 잔도 스킵인데. 예지는 20대가 이렇게 간다는 사실을 믿을 수 없다. 연예인이 되려는 마음이 없을 때는 다들 네가 아니면 누가 하느냐고 하더니 막상 시장에 나오자 모두가 그녀의 외모를 여기저기 흠잡았다. 연기를 하기에는 다소 크고, 톱모델이 되기에는 약간 작고. 이제 남은 것은 미인대회의 우승자가 되는 것뿐이라고 예지는 믿는다. 잘만 하면 협찬을 받을 수도 있고 사진만 올리면 억대 연봉을 받는 인스타그램 인플루언서가 될 수도 있다. 부자가 되면 제일 먼저 주식으로 잃은 돈에 미련을 못 버리는 엄마부터 컴퓨터 앞에서 일으켜야지.

수익률 보장 1000% 못 먹으면 책임지고 확실한 정보 인베스터
긴급공지 손흥민 호날두 최하이율 당일입금 캐피탈 터지는
언제까지 고급정보 무료리딩 인생선택 전환임박 최종코드
리스크 핸드폰만 5억 쉬워 타이밍 연구 도전 평범했던
연합 추천주 급등 아직도 손절 300 무이자 대박 손익
매수 회복 자신감 후불 노하우 무자본 상한가
단타 하락장 망설이지 종목 5천p 청정공원
사고없는 비법 힘든시기 천만 무방문
집에서 인생역전 코드 당신도
진짜 마지막 기회
지금부터
바로
콜
어렵지 않습니다 꿈을 현실로

매일 예지의 핸드폰으로 오는 내용이다. 번호를 바꾸고 싶어도
촬영 섭외를 놓칠까 봐 그럴 수 없다. 수년 전, 무료로 주식 정보를
받기 위해 엄마가 예지의 전화번호를 넣은 뒤로 해가 갈수록 심해
지고 있다. 예지는 이 문자들을 모아 파일에 옮겨두고 아르바이트
가 힘들면 물끄러미 바라본다. 소리 내어 읽을 때도 있다. 파일의
이름은 '가난'이다.

*

전화

"아이고, 이게 누군가. 김 기자 아니신가. 별일이 다 있네, 후배님이 전화까지 다 해주시고. 우리 가게가 유명해지긴 유명해졌나봐……. 그 녀석은 여기 사람이 아니야. 그래서 긴가민가하며 채용했는데 적응도 빠르고, 이런 문화를 처음 접해서 그런지 일에 푹빠졌어. 무슨 이상한 종교에 빠진 건지 이상한 애들이랑 어울리는건 아닌지 걱정이긴 한데……. 직원들과 대화하다 보면 사실 좀무섭지. 내가 또 뭘 모르고 있나, 뭐에 뒤처지고 있나 확인할 때마다 한숨이 절로 나. 꼰대 소릴 듣지 않으려면 적당히 맞장구치고아는 티를 너무 많이 내도 안 돼. 그게 다 균형이야. 상냥하게 얘기하면 꼰대가 아닌 줄 아느냐는 말도 들어봤어. 말을 많이 하면안 되나 싶어서 자꾸 입을 다물다 보니 서글퍼지더군.

……아, 칵테일. 그렇지, 칵테일이 문제지. 허 참! 자네까지 호기심을 보일 줄이야. 메뉴에 없는 것을 만들어 내놓았을 때는 그냥서비스 차원이었어. 인기를 끌 거라는 기대는 하지 않았지. 그런데사실 그 칵테일 때문에 조금 골치야. 뭐, 자세한 얘기는 와서 하지.지금 전화한 이유도 그 때문이 아닌가? 걔가 거기에 뭘 넣는지는나도 자세히 모르네. 물론 우리 가게에 불법적인 재료는 절대 없어.난 아직 결벽증을 고치지 못했네. 상당히 성가신 병이지."

*

아직 해가 남아 있는 토요일 오후인데 가게 문 앞에 사람들이 모여 술렁이고 있다. 의아해진 예지는 걸음을 재촉한다. 한쪽 어깨와 다리에만 비를 맞아 기묘한 무늬로 옷이 젖은 사내가 그녀를 보고 다가온다. 너무 바싹 거리를 좁혀서 예지는 자기도 모르게 한 걸음 뒤로 물러났다. 사냥꾼의 눈으로 어슬렁거리지만, 손마디가 매끄러운 자들. 그녀는 이런 분위기를 풍기는 사람들을 잘 안다. 좋은 옷을 입고 집 밖에서 긴 시간을 보내는 사람의 냄새. 단에게서도 이런 냄새가 났었다. 단은 어수룩한 면이 있어서 귀엽기라도 하지. 이 사람은 덩치가 크지 않은데도 위압감이 느껴진다. 예지의 우산이 휘청했다. 가게에서 사장이 나와 남자를 부른다.

"아, 김 기자!"

예지는 자신이 아는 몇 안 되는 패션지나 연예부 기자들을 떠올렸다. 그들은 이런 식의 시선을 보내오지 않는다. 그들은 지루하다는 표정으로 그녀를 훑어보곤 했다. 그들의 평가는 빠르고 냉정했으며, 반말과 무시가 예사였다. 어떤 이들의 욕망은 길고 내밀하게 이어지곤 했다. 예지는 친하지도 않은데 왜 그들과 술이나 밥을 먹으며 애교를 부려야 하는지 이해할 수 없었다. 수준 낮은 소속사들이나 하는 짓이라는 누군가의 충고를 듣고 박차고 나왔는데 다른 회사를 찾는 동안 살이 찌고 말았다. 그녀에게 남은 것은 서랍장

수평을 잡기 위해 여러 번 납작하게 접어둔 그들의 명함뿐이다. 이제 예지는 연예인으로 성공할 수 있다고 생각하지 않는다. 지금 준비하는 미인대회는 인플루언서가 되기 위한 시작이다. 작은 대회라서 큰 문제는 없을 것이다. 유명해져서 화장품이나 옷을 팔 것이다. 유튜버가 될 수도 있겠지. 속눈썹 연장술이나 필러를 맞을 때 돈을 내지 않고, 원장과 사진을 찍으며, 행사에 초대되는 화려한 삶. 영상을 찍어 올려 광고가 많이 붙으면 가만히 앉아 있어도 돈이 들어온다고 했다. 저 기자가 행사도 취재하는 사람이면 좋은데. 미인대회에서는 다들 인맥을 자랑하니까 기죽지 않으려면 기자를 많이 알수록 좋다.

얼마 전부터 가게가 낮에도 붐비고 있다. 가게에서 촬영한 뮤직비디오가 인기를 얻으며 벌어진 일이다. R뿐만이 아니다. 그 뒤로 화가나 디자이너, 작가 등등이 그 칵테일을 마시고 창작열이 솟구쳤다는 리뷰를 남기는 바람에 인터넷에서도 화제가 되고 있었다.

기자가 잠깐 보자는데? 사장이 예지에게 문자를 보내왔다. 그녀는 얼른 틴트를 덧바르고 2층으로 올라간다. 가게에서 일할 때 신는 운동화를 떠올리지만 갈아 신지 않는다.

"……솔직히 말해도 되죠? 다 웃겨요. 인증샷 찍으려고 오는 거잖아요. 괜히 저흰 바빠지기만 하고. 다들 뭉개고 있으니까 저희 퇴근만 늦어지고. 그런데 이거 인터뷰하면 기사로 나가고 막 그러는 거 아니죠? 저 원래 모델이거든요. 미스코리아 나가요."

예지는 거짓말을 한다. 미스 예비신부 어워드에 참가할 예정이라고 말하면 곧 결혼할 사람으로 보이니까 곤란하다. 어쨌든 남자들은 사귈 마음도 없으면서 남자친구가 없다고 하면 더 친절하게 군다. 모두들 바보 같다. 영감의 부스터라니. 단이 만든 음료는 그냥 칼로리 폭탄일 뿐이다. 다들 그냥 희망이 필요한 거 아니야? 어떻게 그런 것을 믿을 수 있냐고. 사장이 끼어든다.

"넌 매사 너무 심각하고 부정적이구나. 아무도 손해 보는 사람은 없어."

거짓말. 내가 시간을 손해 보고 있다고. 그녀는 콧잔등을 찡그린다. 기자는 예지에게 관심이 사라진 것 같다. 단을 주시하는 시선이 집요하다.

*

"취재는 이쯤에서 접고 저도 온 김에 한잔할랍니다."

기자는 자신이 술을 먹기에는 좀 초라한 곳이라고 생각했다. 그는 천장이 높은 곳을 좋아했다. 호텔 라운지라든가 파인 다이닝, 고개를 들면 수억 원의 그림이 걸려있는 곳. 공개된 장소에 걸린 그림들이 당연히 모작이라는 것은 알지 못했다. 클래식 음악이 흐르며 재벌 총수들이 가는 곳. 그런 곳이라면 뭐라도 주워들을지 몰랐다. 기업 홍보 기사를 쓸 때는 기업 측에 아예 호텔 식당을 예약하라고 귀띔하기도 했다. 헛소리를 하면 업계의 방식으로 적극적인 유감을 표현했다. 불미스러운 기사라고 항의하는 자들도 결국 기자의 비위를 맞추었다. 가사나 시를 쓴 건 철없던 시절의 일이다. 그는 이제 생존법을 터득했을 뿐 아니라 재테크에도 밝았다. 이제 그가 상상하는 미래는 글쟁이가 아니라 마세라티 콰트로포르테를 모는 언론재벌이다. 예술 따위, 집어치워. 예술로 성공하는 건 우연이지 실력이 아니야. 그는 자주 되뇌며 무거운 그림자를 끌고 다녔다.

갤러리 하나를 취재하고 정당한 의혹을 제기했을 뿐인데 상부의 지시로 담당 섹션이 바뀌었다. 입사했을 때부터 6년을 투신해 온 문화예술 면은 인맥이 넓은 동기가 맡았다. 하필 거기를 건드리다니, 이야, 살아있네. 사람들이 그를 툭툭 치고 지나갈 때마다 마음에 얼룩이 생겼다. 그가 심혈을 기울인 두 번째 기획기사의 바이라인은 동기의 이름으로 나갔다. 동기가 덧붙인 자극적인 제목과 기사 내용이 사건의 본질을 훼손하거나 말거나 아무도 신경 쓰지 않았다.

마침내 방법을 바꾸는데 다시 3년이 걸렸다. 그는 원래 요리에 소질이 있었다. 뭐든 한 번만 먹으면 비슷하게 재현할 수 있었다. 반은 논리적인 추론, 반은 창의적인 추측. 그는 기사도 요리를 하는 것처럼 쓰기 시작했다. 이듬해, 그는 승진 명단의 가장 위에 올랐다. 기레기라는 말이 유행하기 시작한 때였다. 기사에 조금이라도 감상적인 부분이 가미되면 백일장에 나가느냐고 했고, 과거에 인터뷰한 인물이 비리를 저지르면 다른 기사에도 네티즌들이 몰려들었다. 기레기야, 네 이름 석 자 기억한다. 너 따위들만 없어져도 세상 살만해진다. 믿고 거르는 기레기야, 뭐 받아먹었니. 살림 좀 나아졌나? 그러거나 말거나 그는 쓰고 또 썼다. 누군가를 위해. 보이지 않는 진실은 보고 싶지 않아 하는 사람들을 위해. 그가 벌어들인 돈은 그가 행한 노동의 정당한 대가였다.

기자가 된 건 다행이었다. 가지 않은 길은 배고픈 길이다. 그는 못 한 게 아니라 안 한 것이었다. 다른 일을 할 줄 몰라 시인이 됐으면서, 시인이 돼서 가난하다고 말하는 작자들. 멋들어진 말로 세상의 모든 것들을 회피하는 자들. 펜은 칼보다 강하다는데 한국의 시인들은 왜 하나같이 서정밖에 모르는가.

그는 진짜 펜의 힘이 무엇인지 보여주자고 생각했다. 기업윤리에 정말 문제가 없다고? 모두를 위한 정의란, 바로 이런 것이지. 대통령이 전부 진실만 말해봐라, 이 새끼들아. 그럼 너희들 세계가 어떻게 될 것 같냐? 기자들이 진실만 써봐라. 과연 주가는 안전할까? 언론은 사실이 아니라 효과야. 호감도가 신뢰도고, 많은 사람을 믿게 하면 그게 사실인 거야. 약자 코스프레로 부당한 이익을 얻고, 확증편향에 갇힌 사람들이 서명운동으로 승리하는 세상. 우리 같은 사람이 없으면 누가 그들을 견제하지? 그는 물컵에 남아 있던 마지막 얼음을 와드득 깨물었다.

그가 바에 취재를 온 것은 사실 칵테일이 아니라 R 때문이었다. 일주일 전 그는 호텔을 나서다가 익숙한 배기음을 들었다. 내가 저 소리를 놓칠 리 없지. 머슬카의 무식하게 굵은 소리와는 다르다. 앙칼진 듯하면서도 심장 박동을 끌어올리는 배기음. 마세라티다. 그에게는 마세라티가 지나가면 꼭 차 주인의 얼굴을 확인하는 습관이 있었다. 그런데, 키를 맡기고 로비에 들어서는 놈의 얼굴이 낯익었다. R일 리 없는데. R이 왜 마세라티를 몰고 있지?

R과 부딪친 건 대학에 다닐 때였다. 환영식에서 신입생을 조금 놀린 것뿐이었는데 R이 성희롱이라며 문제 삼았다. 신입생은 괜찮다는 데도 R은 붙잡고 늘어졌다. 히트곡은 졸업 직후 두어 곡뿐, 아직도 예술가입네, 늙은 피터 팬으로 산다는 얘기는 들었지. 술집 밴드로 풀칠한다더니 그게 아는 선배의 바인 줄이야. 더구나 그곳에서 만든 칵테일을 마시고 작곡을 해? 광고의 음악을 맡아? 무슨 그런 농담 같은 일. 인터넷을 뒤졌다. 여섯 번째 감각을 뜻한다는 차크라 칵테일은 이미 R의 팬들 사이에서 유명했다. 그럼 그렇지. 뭔가가 있었지. 예술가의 성공은 우연이라니까.

바텐더의 이름이 다니엘이란다. 구약성서의 예언서? 파란 눈의 외국인을 고용하다니 역시 선배가 완전히 바보는 아니다. 결벽증은 무슨. 절대 들키지 않게 대비하는 성격이라는 뜻이겠지. 분명히 뭔가가 있다. 몸에 들어가면 분해되는 신종마약이거나. 어쨌든. 기자가 이런 걸 안 캐면 어떻게 사회의 정의가 유지되겠어? 그는 가져온 노트북을 펼쳐 놓고 가장 구석에 자리를 잡는다. 단의 칵테일을 시켜 가져온 텀블러에 몰래 담은 다음 자신의 격에 어울릴만한 위스키를 주문한다.

14센티미터 구두를 신는다고 키가 14센티미터 커지는 것은 아니다. 예지도 안다. 다른 참가자들도 비슷한 높이의 구두라 어쩔 수 없다.

미인대회의 예선심사는 길었다. 심사위원들도 지루한 기색이 역력했다. 비슷비슷한 장기자랑이 두 시간이 넘어가자 슬쩍 자리를 비우는 사람들이 생겼다. 그들은 담배 냄새를 풍기며 돌아와 옆 사람의 점수표를 커닝했다.

예지의 참가번호는 뒤쪽이었다. 다섯 시간이나 섰다 앉기를 반복해야 했다. 물집이 생긴 발목을 절며 버스정류장으로 향했을 때는 이미 해가 진 뒤였다.

"아까 '자유롭게'라는 노래 부른 아가씨죠? 집이 어디예요? 비도 오는데 태워다 줄게요."

예지와 몇 번 눈이 마주친 심사위원이다. 그녀의 갈등은 길지 않다. 심사위원과 따로 이야기할 수 있는 행운이 어디인가.

"안전벨트 메야죠."

그가 조수석으로 몸을 기울이자 예지의 어깨가 굳는다. 빗줄기가 거세지고 있었다.

"춤도 꽤 추고 노래도 잘하던데, 가수 할 생각은 없나?"

"하면 좋은데 기회가 없었어요."

다른 뜻이 있어서 그를 보며 웃은 것은 아니었다. 대화할 때는 눈을 마주치는 것이 예의이고, 칭찬에 대해 화답도 해야 했으니까.

"그래, 그 보조개 말이야. 하하. 매력적이라니까."

그는 어느새 말을 놓고 있었다. 혼잡한 도로 위에서도 그들이 탄 차는 서두르는 기색이 전혀 없다. 심사위원은 자신이 스타로 만든 연예인들의 이름을 나열하느라 바쁘다. 성을 빼고 이름만 부르며, 걔가 가슴을 부풀려서 대박이 났지, 그때 그 스캔들 막아 주느라고 내가 아주……. XXX가 OOO 사귀었던 거 모르지?

아직 예지의 집은 삼백 미터쯤 더 가야 하는데 골목길에 접어든 차의 시동이 꺼진다. 그가 예지의 눈을 깊숙이 들여다본다. 공기 중에 희미한 머스크 향기가 떠돌았다. 예지는 고양이에게 저녁밥을 주어야 한다는 생각에 초조해진다. 하지만 감히 그의 말을 끊을 수 없다. 예지는 손톱을 물어뜯는 습관을 고쳤다고 생각해왔다. 그녀는 틀렸다. 남자의 눈은 웃고 있다. 그의 오른손이 벌써 세 번째 예지의 허벅지를 스쳤다. 이번에는 우연이 아니다. 그녀는 차에서 내려 집에 갈 것이다. 가만히 있으면 동의하는 것으로 생각할 텐데. 예지의 시선이 손잡이를 향한다. 남자가 예지에게 고개를 숙이며 뒷머리를 움켜쥔다. 그녀는 서늘한 손을 청재킷 주머니에 집어넣는다. 작고 차가운 금속성 물체가 만져진다.

밀도와 농도가 다른 리큐르를 이용해 조심스럽게 층을 쌓아 플로팅 한다. 소금을 묻혀 놓은 글라스 림 한가운데를 머들러로 살짝 둥글린다.

단은 고향에서는 술과 술을 섞는 일이 없었다. 그곳에는 단 하나의 술만이 존재했기 때문이었다. 10그램 정도의 술을 입안에 물고 물고기가 헤엄치게 하듯 혀로 굴리는 동안 부족들은 충분히 취할 수 있었다. 문제는 그 뒤였다. 그들은 평소보다 증폭된 감각에 집중하다가 호흡과 심박에 문제가 생기곤 했다. 목숨을 걸어야 하는 독주였다. 술 문화는 일 년에 한 번으로 엄격하게 제한되었다.

문이 열리는 꿈을 꾼 것은 어젯밤이 처음이다. 오늘 아침 단은 여름이 끝났다는 사실을 깨달았다. 창문이 열려 있었다. 바람의 냄새가 달라졌다.

그는 잠에서 깨자마자 누군가의 말소리를 들었다. 열린 창문으로 벌레에게 말을 거는 어린아이의 모습이 보였다. 아이는 종이로 만든 왕관을 쓰고 있었다. 저 아이도 곧 자신이 가진 감각을 잃어버리게 되겠지.

단은 고향 사람들에 대해 생각하다가 자신도 모르게 창틀을 쥔 손에 힘을 주었다. 어쩌면 나는 **그것**을 찾기는커녕 점점 더 잃고 있는 것은 아닌가.

가게에 오는 사람들은 모든 것이 칵테일 때문이라고 생각했다. 단은 그게 놀라웠다. 자신의 마음속을 들여다보는 것은 온전히 그들의 능력이었다. 칵테일은 그들에게 자기 자신을 믿는 방법을 알려줄 뿐이었다. 하지만 그들은 칵테일 없이 자신을 믿는 방법을 알지 못했고, 주량은 점점 늘어났다.

칵테일의 효과가 떨어질수록 소문은 점점 더 그럴듯해졌다. 인터넷의 별점 테러조차 가게의 명성 때문으로 여겨졌다. R의 서명은 어느새 가게의 간판처럼 되었다. R이 없는 밴드가 R의 곡을 연주했다. 단은 R을 기다렸지만 오지 않았다. 단은 칵테일을 만드느라 음악을 들을 여유조차 생기지 않았다.

이제, 떠날 때가 다가온 것 같았다.

*

예지가 다리를 흔들며 바에 앉아 있었다. 고개를 숙이고 물끄러미 자신의 손톱을 들여다보던 예지가 불쑥 입을 열었다.

"어이, 바텐더!"

단은 오늘 예지의 목소리가 기묘하게 낮다고 생각한다.

"너 오늘 쉬는 날이잖아."

"그냥 놀러 왔어. 나 오늘 겁나 예쁘지 않아?"

예지는 공허하고 멍해 보인다. 단은 예지의 눈이 부어오르고 코끝이 빨개진 것을 보았지만 아무 말도 하지 않는다. 단은 이곳 사람들이 이상한 순간에 과장된 얘기를 농담처럼 한다는 것을 진작 알았다. 힘들고 끔찍한 이야기를 들려주는 손님들은 열이면 열 모두 웃는 얼굴이었다. 그들은 남들이 노는 것을 보여주는 예능 프로그램이 연출인 줄 뻔히 알면서도 박장대소하며 시청하고, 택배를 기다리는 즐거움이라도 필요해서 돈을 번다. 다들 순간의 웃음을 연출하는 데 익숙해져 있었다. 이들이 삶을 견디기 위한 일이다. 단은 이제 이해할 수 있었다.

예지는 호신용 스프레이를 사용한 것을 후회하지 않았다. 물론 심사위원은 불같이 화를 냈다. 이 좁은 바닥에서 네가 얼마나 잘되나 보자며 이를 갈았다. 이제 티아라를 쓸 일은 없을 것이다. 보수도 제대로 못 받는 무명 모델로 살다가 나이가 들겠지. 어쩌지? 정말로 가수를 할까? 예지는 어젯밤, 어릴 때 쓰던 베갯잇을 꺼냈다. 종일 괜찮은 척하다가 그걸 베고 누우면 꼭 눈물이 났다. 극세사 원단의 여기저기에 동그랗게 눌린듯한 얼룩이 늘어났다. 신경써서 세탁해도 잘 지워지지 않는다. 연예인 지망생이 된 후로 행복한 적이 없었다. 평가받는 하루가 끝나면 밤이었다. 매일 자신을 상상 속 단두대 위로 끌고 가 목을 쳤다.

라면을 참지 못하고 반이나 먹어버렸어, 유죄. 카메라 앞에서 긴장했어, 유죄.

인스타그램의 하트가 줄어들었어, 유죄. 허벅지가 굵어졌어. 댕강, 댕강, 댕강.

베갯잇의 얼룩이 지워지지 않는 것도 내가 못나서야.

그런데 정말? 정말, 전부 다 내 탓이야?

*

기자가 병째로 시킨 위스키를 반쯤 비웠을 때였다.

"오랜만이네. 잘 지냈어?"

R이 다가오자 기자는 일어설뻔했다. 서두르면 그르치지. 탁자 위에 올려둔 R의 자동차 키가 거슬린다. 기자는 자꾸만 한쪽으로 올라가려는 입가의 근육에 힘을 준다.

별것 아닌 얘기들을 하며 삼십 분이 간다. 그 나이대라면 누구나 할만한 얘기들. 적당한 때를 기다리던 기자는 예지가 오자 표정이 밝아진다.

"야아, 역시 너 있다고 예지 씨가 다 오네. 역시 넌 여전히 인기가 좋구나."

홀의 음악이 바뀌었다. 4분의 4박자, 리듬 앤드 블루스.

R은 요즘 음악 듣는 게 힘들어졌다. 조용한 곳에서 곡이나 쓰고 싶었다. 모처럼 괜찮은 평가를 받았지만, 관심이 오래갈 리 없다는 것을 잘 안다. 여기저기 불려 다니다 보니 롤러코스터를 탄 기분이

었다. 이제 내리막길로 접어들었다는 예감이 확신으로 바뀌는 데는 오랜 시간이 걸리지 않았다. 뭔가가 좀 더 있어 줘야 하는데.

"내가 유튜브를 하나 할까 하는데 말이야."

기자가 다소 거만하게 이야기를 꺼냈다.

핸드폰을 들여다보던 예지가 고개를 들었다.

"주제가 있어야지. 요즘 경쟁 심해."

R이 다소 회의적인 반응을 보이자 기자는 더욱 열을 내며 떠들었다.

"시청자한테 전화 받아서 오디션하고, 난 진행하고 넌 평가하고. 오, 그래, 예지 씨가 귀엽게 리액션 좀 해주면 되겠네!"

기자의 말이 많아질수록 R의 술잔은 빠르게 비워졌고 예지와 기자 사이의 거리는 좁혀졌다. 어느 순간 기자가 매끈한 동작으로 예지의 손등에 손을 얹었다.

*

"다니엘, 조금만 있다가 마감하고 퇴근해. 난 먼저 간다."

마지막 인사를 드리지 못해서 죄송해요. 건강하세요.

사장의 뒷모습을 보며 단은 생각했다. 매번 포인트를 떠나는 일은 쉽지 않다. 단은 평소보다 두 배의 시간을 들여 청소했다.

3층의 라운지와 2층의 바, 1층의 레스토랑과 유리창까지 꼼꼼히 닦았다. 바의 조명을 끄려던 단은 마음을 바꿔 R을 위한 칵테일을 만들었다. 아까 단은 R을 금방 알아보지 못했다. 늘 입던 티셔츠에 익숙한 가방. 뭔가 바뀌었는데 그게 무엇인지 알 수 없었다.

단은 테이블로 다가서다 멈칫, 했다. 와하하, 웃는 기자의 손이 자연스럽게 예지의 어깨 위에 올라갔다. 예지는 어색하게 웃으며 R을 바라보았지만, R은 다른 곳을 보며 술을 마시고 있었다. 이제 단은 R의 무엇이 바뀌었는지 알 것 같았다. 시선이었다.

이리저리 불안하게 흔들리는 눈빛.

"하하…… 진짜."

단은 들고 있던 쟁반을 내려놓았다. 자신도 모르게 앞에 있던 뭔가를 발로 찼는데 그게 콘솔이었다. 사자상이 갸우뚱거리다 바닥으로 나뒹굴었다. 꾸웅. 뭉뚝한 소리가 났다. 쨍쨍쨍쨍쨍. 왕관이 요란한 소리를 내며 바닥을 굴러갔다. 모두의 시선이 단에게로 모였다. 단은 화내고 있지 않았다. 그는 울고 있었다.

예지는 느린 동작으로 자리에서 일어났다.

R의 손이 단의 등에 잠시 와 닿았다.

기자가 택시를 잡으며 자신의 동네를 외치는 소리, R이 자동차의 시동을 거는 소리, 어딘가의 개가 컹컹 짖는 소리. 이 모든 소리가 지나가는 동안 예지와 단은 서로 싸운 것처럼 침묵했다. 가게 안은 어둡고 조용했다. 리큐르 병들이 달빛을 받아 희미하게 각각의 색을 발하고 있었다. 새벽빛이 밝아올 무렵 예지가 먼저 입을 열었다.

"처음에는 분명했는데, 이제 내가 뭘 원하는지 모르겠어."

단이 고개를 떨구었다.

예지가 단에게 다시 물었다.

"너는…… 어디로 가는 거야?"

*

여기서부터는 빛을 따라 걷기로 한다. 빛에도 일렁이는 리듬이 있다.

어쩌면 음악은 여기 사람들이 버티는 근원일지도 모른다고 단은 생각한다. 그래서 이들은 여섯 번째 감각을 일부러 잊고 사는지도 모른다. 단은 자꾸만 그들의 이마를 바라보게 된다. 동그랗고 투명한 원은 나이가 어릴수록 단단하게 맺혀 있고 맑은 에너지를 가진 사람일수록 밝게 떠 있었다.

문 앞에서 단은 걸음을 멈췄다. 승강장 지하를 흐르는 여울 위로 빛이 넘실거렸다. 스트론튬의 흰빛이 문틈에서 새어 나왔다. 곧 무수한 불의 비가 쏟아질 것을 알 수 있었다. 열과 빛을 증폭시키는 것은 이곳의 리듬이었다. 동쪽 포인트는 음악의 축을 따라 선회하고 있었다.

문이 열리고 대낮같이 밝은 빛이.
환한 빛이 쏟아졌다.

단은 돌아섰다.

*

사장은 깨어진 사자 대신 늑대를 구해왔다. 하지만 왕관을 쓴
늑대상은 찾아낼 수 없었다. 사장은 어쩌다 조각상이 깨어졌느냐
고 묻지도 않았고 예전처럼 정성껏 늑대를 닦지도 않았다. 이제
늑대상의 먼지를 털어내는 것은 단의 몫이었다.

손님들은 무대 위의 예지가 틀릴 때마다 박수를 쳐주었다. 보컬
이 바뀌자 밴드가 빚어내는 빛의 진동도 달라졌다. 반딧불이들이
춤추듯 속삭이다, 폭죽처럼 크고 작은 불꽃을 쏘아 올리곤 했다.
예지의 노래가 훌륭하지는 않았다. 하지만 예지는 열심히 불렀다.
누가 노래 볼륨을 줄여달라고 말하면 테이블 앞에 가서 더 크게
불렀다.

"너 아까 틀리는 것 같던데?"
"스캣이라는 거야, 스캣. 네가 뭘 알겠어."
"그거 스캣 아닌데……. 가사 있었는데."

귀가 살짝 빨개진 예지가 코를 찡긋거리며 말했다.

"틀리는 게 권력이라니까?"

단은 자신이 만드는 칵테일 맛이 조금 달라졌다는 것을 알지
못했다. 그는 매일 기도했다. 예지가 맛있는 요리를 먹기를. 누구
라도 울고 싶을 때 울 수 있기를. 그렇게 해도 누구도 손해 보지
않기를. 다음 날 말간 얼굴로 나타나 어젯밤 놓고 간 우산이나
안경, 책 따위를 찾기를. 멋쩍게 웃고 돌아서는 그들의 이마에 빛
나는 원이 떠 있기를.

그러니까, 곧 돌아갈 것이다. 하지만 아직은 아니다. 예지가 자
기 자신을 믿게 될 때까지. 그녀가 자신의 차크라를 찾을 때까지.
차크라를 찾는 가장 현명한 방법은 누군가에게 **그것**을 일깨우는
것이었다. 누군가에게 그것을 줄 수 없다면, 찾아봤자 가질 수 없
다는 사실을 깨달았다. 더구나 단은 눈 내리는 풍경의 돔 오르골을
아직 사지 못했다.

그는 새로 들어온 와인을 테스트한다. 매실과 삼나무 향이 감돈
다. 당도는 아주 낮고 산도는 중간, 무거운 중량감을 갖고 있다.
마치 이곳 사람들을 닮았다. 신선하고 활기차며 풍부한 타닌의
여운. 단의 손길이 분주하다. 탄산수를 섞고 오렌지와 애플민트가
차례로 얹힌다.

"주문하신 음료 나왔습니다. 요리는 어떤 것으로 주문하시겠어
요?"

"잠시만요, 아직 정하지 못했어요."

메뉴판을 넘기는 연인들에게 단은 괜찮다는 의미로 미소 지었다. 돌아서는 단의 어깨가 한번 크게 올라갔다 내려갔다. 테이블 위에 놓인 컵 위에 수많은 기포가 떠올랐다가 부서지고 있었다.

첫 번째 단편소설입니다. 원래 장편을 염두에 두고 쓰던 이야기였습니다.

어릴 때 잠깐 소설(처럼 보이고 싶었던 글)을 쓰고, 커서는 신문과 잡지에 칼럼을 썼습니다. 그러므로 소설은 처음이나 마찬가지입니다. 부끄럽고, 두렵고, 설레는 마음으로 울렁울렁합니다. 이 소설집의 테마 공간으로부터 원고 제안을 받았을 때, 마지못해 수락하는 척 허세를 부렸지만, 사실은 무척 기뻤지요. 그 뒤에는 길고 격렬한 자책이 이어졌습니다. 글을 쓰다 보면 자주 뺨이 달아오르고 땀이 났어요. 무언가에 홀린 것처럼 하루에 원고지 30매를 달리다가도 다음날이면 모든 문장이 쓰레기 같았습니다. 스스로에 대한 지적과 항의가 분초 단위로 이어지며 저 자신이 밉고 증오스럽기까지 했습니다. 그때부터 지금까지 쭉 붉은 마음입니다.

단이 음악을 좋아한다는 설정은 제 환경에서 비롯되었습니다. 저는 특정 연령대의 남자에게 별 까닭 없이 자주 기분이 상하곤 했어요. 소심한 심술을 부리고 싶었고 그런 저 자신에게 뾰족한 감정이. 그러다 문득 몹시 슬퍼졌는데 아버지와 긴 대화 없이 자랐기 때문이란 생각이 들었기 때문입니다. 그런데 어느새 음악 없이는 살 수 없게 되었습니다. 이제야 음악을 통해 전하고 싶으셨던 아버지의 마음을 생각합니다. 그래서 소설 속 스치듯 나오는 사장도, 조금 한심한 기자도, 저에게는 모두 안아주고 싶은 사람들입니다.

　작가로 사는 삶과 엄마 역할의 균형을 위해 평생 노력하신 어머니와 뮤지션의 모델이 되어준 R과 P, 글쓰기를 격려해준 무단과 모든 사랑하는 사람들에게 감사를 전합니다. 작업실에 놀러 오세요. 단의 칵테일을 만들어 드립니다. 제 마음을 닮아 붉은색이겠지요!

정재희

벙커
정명섭

＊

"의뢰가 들어왔어요."

창틀에 발을 걸친 채 술을 마시고 있던 현준은 미란의 말에 고개를 돌렸다.

"어떤?"

"물건을 찾아달라는 의뢰지 어떤 의뢰겠어요."

미란의 대답을 들은 현준은 고개를 들어 창밖을 바라봤다. 제한된 송전 덕분에 도시는 어두컴컴했지만, 폐쇄구역 서울을 둘러싼 장벽은 환하게 빛을 비추는 중이었다. 장벽으로 접근하는 좀비들을 막아야만 했기 때문이다.

"이 모든 게 빌어먹을 핵폭탄 때문이지."

라디오에서 나오는 노래에 맞춰 흥얼거리듯 얘기한 현준을 스쳐지나간 미란이 벽에 걸린 서울 지도에 핀을 하나 꽂았다. 어깨너머로 힐끔 바라본 현준이 물었다.

"어딘데?"

"신설동역 근처에 있는 식스센스라는 다이닝 바예요."

"센스 넘치는 이름이네."

"2019년에 오픈한 곳인데 꽤 장사가 잘됐나 봐요. 1층은 바, 2층은 룸이 있는 곳이고, 3층은 루프탑 라운지였대요. 지하 1층은 VIP를 위한 벙커였고요."

"거기서 뭘 찾아와야 하는데?"

"지하 벙커에 있는 술병이요."

놀란 현준이 창틀에 걸친 발을 뗐다.

"뭐라고?"

의자에서 일어난 현준은 미란이 핀셋을 붙인 폐쇄구역 서울 지도 앞에 섰다.

"서울에 핵폭탄이 떨어지고 좀비들이 나타나서 폐쇄된 지 십 년째야. 별의별 물건들을 찾아달라고 했지만, 술병은 또 처음이네."

"저도 그래서 몇 번이나 물어봤다고요."

핵폭발로 기존의 정치권이 소멸한 이후 새로 재건된 정부는 술값과 담뱃값을 절반으로 인하했다. 재건을 명분으로 값을 올리려다가 폭동이 일어나자 황급히 낮춰버린 것이다. 그러면서 다른 상품 가격은 치솟았지만 술과 담배는 오히려 가격이 낮아졌다.

"술은 여기도 많잖아."

"특별한 술이라고 했어요."

"몇 년 묵으면 더 비싸지는 술인가?"

"지하 벙커 진열장에 있는 래미 마르탱 VSOP라고 했어요."

미란의 얘기를 들은 현준은 고개를 절레절레 저었다.

"진짜 술을 사랑하는 모양이군. 신설동역이면 서울에서도 북쪽이잖아."

"수고비는 두둑하게 준다고 했어요."

"얼마나?"

"사무소 석 달 월세 정도요."

현준이 가볍게 휘파람을 불자 미란이 대답했다.

"헷갈려서 내일 낮에 사무실로 오라고 했어요. 직접 만나보고 판단해요."

"알겠어."

제한 송전이 풀렸는지 어둠에 빠진 길거리에 하나씩 불이 커졌다. 그 광경을 지켜보던 현준은 다시 의자에 앉은 채 창틀에 발을 걸쳤다.

다음 날, 오후에 의뢰인이 사무실을 방문했다. 60대로 보이는 중년의 남성은 바짝 깎은 머리에 검은색 가죽 재킷을 입고 나타났다. 곧바로 현준의 자리로 온 그가 앉자 현준이 담배를 권했다. 남자가 고맙다는 말을 중얼거리며 담배를 하나 꺼내서 입에 물었다. 책상에 있던 재떨이를 그쪽으로 밀어준 현준은 어제 미란이 작성한 파일을 모니터로 들여다보았다.

"찾고 싶은 게 있다고 들었습니다."

"그래서 찾아온 거요. 폐쇄구역 안에 들어가서 물건을 가져오는 일을 한다고 들었네."

"먹고살려고 하는 거죠."

실없는 농담을 던진 현준에게 담배 연기를 내뿜은 의뢰인이 말했다.

"늑대파 두목이 당신이 최고의 트레저 헌터라고 하더군."

"그 친구가 과대평가한 겁니다. 예전에 엮인 일이 좀 있어서 말입니다."

"아무튼, 그걸 찾으려고 몇 년 전부터 백방으로 알아보던 중일세. 솔직히 얘기하자면 의뢰도 몇 번 했었지."

"결과가 안 좋았던 모양이군요."

의뢰인은 대답 대신 고개를 끄덕거렸다. 현준은 미란이 정리한 파일에 있는 사진들로 시선을 옮겼다.

"신설동역 근처에서 운영하던 가게 이름이 식스센스 맞나요?"

"맞아. 5번 출구에서 한 블록 안쪽이지."

"남아 있는 사진들을 보면 꽤 고급스러운 곳 같던데요."

"무슨 얘기를 하려는지 맞춰볼까? 신설동에 있는 것치고는 너무 고급 아니냐는 거지?"

이번에는 현준이 고개를 끄덕거리는 것으로 대답을 대신했다.

"생각하는 것보다 장사는 아주 잘됐네. 빌어먹을 핵폭탄이 터지고 좀비들이 나타나서 난리가 나기 전까지는 말이야."

"보통 의뢰인들은 같이 빠져나오지 못한 가족의 유품이라든지, 재산 소유권을 주장할 수 있는 문서들을 찾아달라고 합니다. 그런데 술병을 찾는다고 하셔서 믿어지지 않습니다."

"비용은 충분히 지급할 텐데 그게 무슨 상관이지?"

의뢰인의 물음에 현준은 모니터에서 눈을 떼며 상대방을 바라보았다.

"제가 그런 질문 때문에 트레저 헌터라는 직업을 싫어합니다. 좀비들로 득실거리는 지옥 같은 서울에 들어가려면 적어도 이유는 알고 가야죠. 죽거나 좀비가 되어버리면 돈은 소용이 없으니까요."

"돈이 부족⋯⋯."

현준은 의자를 박차고 일어났다. 뒤로 밀린 의자가 와당탕 소리를 내면서 넘어지자 미란이 힐끔 쳐다보고는 도로 하던 일을 했다. 의뢰인은 좀 놀란 눈치였지만 생각보다는 침착했다.

"몇 년 전 그렇게 돈만 보고 들어갔다가 죽다 살아난 적이 있어서 말입니다. 혼자 트레저 헌터 노릇을 하는 것도 그것 때문입니다."

"소문은 들은 적 있네. 자네가 혼자 쿠데타군을 막았다고 하던데 말이야."

"헛소문입니다. 저는 그냥 장기판의 말이었습니다. 운이 좋아서 살아남았지만, 저 안에서는 늘 운이 좋은 건 아니라서 말이죠."

한동안 침묵이 흘렀다. 가죽 재킷을 입은 의뢰인이 한 손에 연기가 나는 담배를 들고 창가로 걸어갔다. 3층에 있는 사무실이라 거리가 잘 내려다보였다. 유리창을 향해 담배 연기를 내뿜은 그가 차분하게 입을 열었다.

"사실 술병 안에 들어 있는 게 필요하네."

"그게 뭡니까?"

"내가 평생 모은 서류."

"가지고 나오면 킬러가 기다리고 있는 거 아닙니까?"

농담 섞인 현준의 물음에 의뢰인은 고개를 저었다.

"그냥 내가 젊은 시절에 일했던 기록들이야. 지금은 아무짝에도 쓸모없는 거지만."

"그런데 왜 비싼 돈을 들여서 찾으려고 하시는 겁니까?"

창밖을 바라보던 의뢰인은 돌아서서 웃옷을 들쳤다. 배에서 가슴까지 이어진 길게 절개된 흔적이 보였다. 현준이 말없이 지켜보는 가운데 의뢰인이 이를 드러내며 웃었다.

"두 번째 수술을 했는데 경과가 별로라고 하더군."

"그래서 기록들을 찾고 싶으신 겁니까?"

"빈손으로 태어나서 빈손으로 간다고 하지만 적어도 내 삶의 흔적은 가지고 가고 싶어서 말이야."

마른침을 삼킨 현준이 의뢰인에게 말했다.

"물건을 찾으면 연락할 수 있는 연락처를 남겨주십시오. 단, 제가 못 돌아올 수 있다는 점은 이해해주시기 바랍니다."

"늑대파 두목이 당신이라면 반드시 찾아올 거라고 했네."

"사람을 너무 믿으면 안 됩니다."

장난 섞인 현준의 대답에 의뢰인이 한숨과 함께 담배 연기를 내뿜었다.

"십 년 전이었나? 그 빌어먹을 핵미사일이 서울에 떨어진 게?"

"십 년 전 4월 4일이었습니다. 며칠 전이었네요."

현준의 대답을 들은 의뢰인이 얼굴을 찡그렸다.

"북한에서 식량난으로 폭동이 일어나 하루아침에 정권이 붕괴되었지. 그때 다들 통일이 된다고 설레발을 떨었던 게 생각나는군. 그러다 갑자기 구국군사위원회인지 뭔지가 등장하고, 중국 어쩌고 하다가 서울에 핵미사일이 떨어졌지."

의뢰인의 얘기를 들은 현준이 어깨를 으쓱거렸다.

"저도 어제 일처럼 생생합니다."

"그게 끝일 줄 알았는데 죽은 사람들이 좀비가 되어서 부활했고 말이야. 그들을 밖으로 나오지 못하게 만들고 서울을 폐쇄한 건 기적 같은 일이었지. 자넨 그때 어디 있었나?"

"서울이요. 다행히 변두리라서 살아남았죠. 그때 어디 계셨습니까?"

"그때 세종신도시에 있었네. 분점을 내는 일로 내려갔다가 티브이를 보고 바로 전화를 걸었는데 아무도 안 받더군. 자네는 어떻게 살아남았나?"

질문을 받은 현준은 떠올리기 싫은 기억을 떠올리느라 얼굴을 찡그렸다.

"어머니가 저를 대신해서 희생하셨습니다."

"핵미사일을 맞은 서울을 장벽으로 폐쇄했다고 하지만 어쩌면 장벽에 갇힌 건 우리가 아닐지 몰라."

"왜 그렇게 생각하십니까?"

현준의 물음에 의뢰인은 수술한 흔적이 남은 자기 가슴을 손가락으로 꾹 찔렀다.

"여기가 죽었으니까."

"죽다 살아나면 다 철학자가 되는 법인가 보군요."

"저 안에 있는 걸 필사적으로 찾고 싶은 것도 그렇고 말이야. 자네는 찾고 싶은 게 없나?"

현준은 대답 대신 미란을 바라보았다. 한때 매춘부 생활을 했던 그녀는 현준에게 죽은 아이의 유품을 가져다 달라고 했던 적이 있었다. 멍한 눈으로 얘기를 듣던 미란이 모니터로 시선을 옮기며 딴청을 피웠다.

"가지고 올 만한 건 없습니다."

"의외로군. 좀비들이 우글거리는 폐쇄구역을 드나드는 트레저 헌터가 된 게 그거 때문 아니었나?"

"트레저 헌터가 언제 가장 위험한 줄 아십니까?"

의뢰인이 고개를 젓자 현준이 의자에서 일어나며 대답했다.

"자기 집 근처에 갔을 때입니다. 이성을 잃고 집에 가야 한다고 뛰쳐나갔다가 돌아오지 못하는 경우가 꽤 많죠."

"갔다가 좀비한테 물리는 건가?"

"아뇨. 집 주변을 하염없이 돌다가 자기 머리에 총을 겨누고 방아쇠를 당깁니다. 그래서 트레저 헌터들이 폐쇄구역 서울로 들어

갈 때는 자기 집이나 추억이 있는 곳으로는 가지 않는 불문율이 있지요."

"이해가 될 거 같군. 나도 직접 들어갈까 여러 번 생각했으니까 말이야."

의뢰인의 대답은 담배 연기처럼 사무실 안으로 흩어졌다. 책상에 엉덩이를 걸친 현준이 팔짱을 꼈다.

"조만간 연락드리겠습니다. 물건을 찾아오면 제가 연락을 할 거고……."

팔짱을 푼 현준이 시선을 미란에게 돌리면서 덧붙였다.

"……제가 못 돌아오면 저 사람이 연락할 겁니다."

"자네가 연락해줬으면 좋겠군. 고맙네."

그에게 의뢰인이 다가와 손을 내밀었다. 현준도 손을 내밀며 악수를 했다.

의뢰인이 돌아간 이후, 미란이 눈치 빠르게 천장의 빔 스크린을 내렸다. 그리고 장벽에 둘러싸인 폐쇄구역 서울의 지도를 비췄다. 지도에는 진입할 수 있는 몇 개의 루트가 표시되어 있었는데 식스센스가 있는 신설동 근처에는 루트가 보이지 않았다. 한숨을 쉰 미란이 현준의 눈치를 보며 말했다.

"위험할 거 같아서 거절하려고 했는데 워낙 세게 불러서요."

"장벽 안은 어디든 위험하니까 괜찮아. 지도 좀 띄워줘."

미란이 빔 스크린과 연결된 컴퓨터의 포털사이트로 들어가서 해당 위치의 예전 모습을 띄웠다. 1호선과 2호선, 우이신설선이 교차하는 신설동역이 보였고, 1호선 5번 출구 근처에 식스센스 다이닝 바가 보였다. 위치를 확인한 현준이 미란에게 말했다.

"거리뷰로 바꿔줘."

"어디서부터 이동하는 거로 할까요?"

"5번 출구 입구부터."

잠시 후, 화면이 바뀌면서 버스 전용차선이 있는 도로와 그 옆의 고층 빌딩들이 보였다. 5번 출구 앞에는 하트 모양의 조형물이 있었고, 빌딩 사이에는 들락거리라는 표지판이 붙은 거리가 보였다.

"저기야?"

"네."

"쭉 들어가 봐."

미란이 바닥의 화살표를 누르자 붉은색 보도블록이 깔린 골목길로 화면이 바뀌었다.

"빌딩이 골목길 양쪽에 기둥처럼 서 있군. 저쪽에서 좀비랑 마주치면 오도 가도 못하겠는데?"

"왼쪽 빌딩에 편의점이 하나 있긴 해요."

"거기도 좀비로 가득 차 있을 거야. 저기가 식스센스인가?"

"맞아요."

짧게 대답한 미란이 화면을 안쪽으로 더 전진시켰다. 세 갈래로 나뉘는 길의 한쪽 꼭짓점에 하얀색 건물의 식스센스라는 간판이 보였다. 빔 스크린 가까이 다가간 현준이 손가락으로 턱을 만지작거리며 말했다.

"삼거리 끝 지점이라 그런지 건물이 오각형이네. 그럼 펜타곤이라고 지어야 했던 거 아니었어?"

현준의 실없는 농담에 미란이 살짝 웃으며 말했다.

"3층이 루프탑으로 된 건물이고, 찾아야 할 물건은 지하에 있어요."

미란의 설명을 들은 현준이 한숨을 쉬었다.

"전철역 근처에 번화한 거리의 입구라면 좀비들로 득실거리는 위치로는 1순위잖아. 거기다 지하로 내려가야 하는군."

잠시 생각하던 현준이 물었다.

"내부 사진은?"

"의뢰인이 찍어둔 거예요."

화면이 넘어가자 식스센스 내부가 보였다. 1층은 와인들이 줄지어 서 있는 바와 기둥 사이에 붉은색 의자가 있는 테이블들이 있었다. 사진이 몇 장 넘어가는 걸 본 현준이 멈추라는 손짓을 하고는 물었다.

"지하로 내려가는 출입구는?"

"그다음 사진에 나와요. 1층 입구로 들어가자마자 왼쪽이 2층으로 올라가는 계단이고, 오른쪽 바 사이의 좁은 출입구가 있어요. 주방 쪽이라서 안내를 받지 않으면 들어가기 어려운 곳이죠."

화면이 바뀌면서 위로 올라가는 계단과 주방 쪽이 보였고, 바로 다음 사진에 아래쪽으로 내려가는 계단이 나왔다.

"좁군. 가파르기도 하고."

"그런 편이에요. 그리고 지하 내부 모습은 이래요."

화면이 바뀌면서 고급스러운 소파와 검은색 테이블이 쭉 늘어선 게 보였다. 오른쪽 벽에는 술병이 진열된 공간이 보였는데 아래쪽에서 조명이 올라와 고급스럽고 은은한 느낌을 주었다.

"VIP들이 쓰는 공간인가?"

"결혼식 뒤풀이나 단체 모임 때 썼다고 했어요. VIP 룸이라고도 하는데 보통은 벙커라고 불렀데요."

"전면은 유리문이고, 지하로 내려가는데 별도의 출입문이 없으니까 문을 부수는 브리칭 장비는 필요 없겠군."

"그나마 다행인 점이죠."

"내가 찾아야 할 술병은?"

"술병이 두 칸으로 진열되어 있어요. 그중 위쪽 제일 안쪽 끝에 있는 거예요."

미란이 화면을 확대하자 진열된 술병 중 제일 끝에 있는 래미 마르탱이 보였다. 그걸 본 현준이 한숨을 쉬었다.

"들어가는 것도 문제지만 들어간 다음도 문제군. 좁아터진 계단에 탈출구도 없는 지하라……."

"불안하면 돈 돌려주고 하지 말까요?"

미란의 말에 현준이 고개를 저었다.

"해봐야지."

"괜한 자존심 때문에 하나밖에 없는 목숨을 버릴 수도 있어요."

현준은 빔 스크린 쪽으로 다가가 확대된 화면에서 보이는 래미 마르탱과 식스센스의 지하 벙커를 뚫어지게 바라보았다.

"의뢰인이 그랬지. 우리가 서울을 폐쇄한 건지 아니면 반대로 갇힌 건지 모르겠다고 말이야."

"저도 같은 생각이에요."

미란이 뜻밖의 얘기를 하자 현준이 물끄러미 바라보았다.

"폐쇄구역 서울에서 빠져나온 사람 중에 남겨두고 온 것을 잊을 수 있는 사람은 없겠지?"

미란이 대답 대신 고개를 끄덕거리자 현준이 경쾌하게 대답했다.

"그러니까 가야지."

"루트가 없다면서요?"

미란의 물음에 현준은 빔 스크린에서 옆으로 물러나 벽에 걸린 서울 지도 쪽으로 걸어갔다.

"늑대파가 최근에 시청역까지 새로운 통로를 개척했다는 얘기를 들었어."

새로운 핀을 하나 집어 든 현준이 서울역 위에 천천히 꽂았다.

"거기서 세종대로를 타고 광화문 쪽으로 가서 세종대로 사거리에서 종각역 방향으로 트는 거지. 거기서 도로를 따라 직진해서 동묘앞역을 지나면 바로 신설동역이 나와."

현준이 자신이 얘기한 루트를 손가락으로 가리키며 움직이자 옆에 선 미란이 말없이 바라보았다.

"서울 한복판이라 좀비들이 득실거리겠는데요."

"어디든 있잖아. 차라리 빨리 이동해서 찾아낸 다음에 빠져나오는 게 최선이야."

"장비는 뭘 챙길까요?"

"놔둬. 늑대파한테 빌리지 뭐. 오랜만에 승학이도 좀 보고."

늑대파의 본거지인 젖꼭지 클럽 앞에 선 현준이 피식 웃었다.

"여전하군."

좀비들이 득실거리는 폐쇄구역 서울 안에 몰래 들어가서 유품이나 값비싼 물건들을 가져오는 트레저 헌터들이 드나드는 곳이었다. 특히 트레저 헌터 조직을 꽉 잡고 있는 늑대파의 본거지 같은 곳이라서 입구에는 늑대파로 보이는 어깨들이 있었다. 빡빡머리에 치렁치렁한 목걸이를 한 어깨들 중 한 명이 현준 앞을 막아섰다.

"처음 보는 형씨 같은데?"

다행히 옆에 있던 다른 어깨가 현준을 알아봤다.

"어서 오십시오, 형님."

"승학이를 만나러 왔어."

"2층에 계실 겁니다."

"고마워."

현준이 안으로 들어가자 인사를 한 어깨가 앞을 막아선 어깨에게 속삭이는 소리가 들렸다.

"저 사람이 누군지 알아? 이 업계 전설이라고, 전설."

피식 웃은 현준은 안으로 들어갔다. 1층은 귀가 시끄러울 정도로 음악이 울려 퍼지는 중이었다. 안에는 피처럼 붉은색 조명 아래에 술을 마시거나 춤을 추는 손님들의 모습이 보였다. 뿌연 담배 연기 아래 카랑카랑한 웃음소리들이 퍼져나갔다. 모서리가 부서지고 지저분한 테이블 위로는 소맥과 막걸릿잔들이 넘쳐났다. 담배와 함께 인하된 가격 때문에 술은 흔해졌고, 마시는 사람들도 많이 늘어났다. 그런 그들을 보면서 현준은 2층으로 올라가는 계단으로 향했다. 계단 끝에는 K-2로 무장한 늑대파 조직원들이 보였다. 머리에 해골이 그려진 검은색 반다나를 두른 조직원이 다른 조직원들에게 손짓을 했다.

"오랜만입니다."

"승학이를 보러 왔어."

"약속을 하고 오셨습니까?"

"아니."

잠시 주저하던 해골 반다나가 한 걸음 물러났다.

"올라와서 기다리시죠. 형님을 불러오겠습니다."

현준이 계단에 올라서자 말을 건넨 조직원이 고개를 숙였다.

"죄송합니다만, 몸수색을……."

현준이 두 팔을 들자 뒤에 있던 조직원이 몸을 이리저리 더듬었다. 아무것도 없다는 손짓을 봤는지 해골 반다나가 고개를 끄덕거렸다.

"저쪽에 빈 테이블이 있습니다. 술이나 뭐 갖다 드릴까요?"

"괜찮아. 잠깐만 얘기하고 갈 거니까."

2층은 한쪽에 커튼이 쳐진 룸과 테이블이 있는 공간으로 나뉘었다. 아래층보다는 좀 더 고급스럽고 조용했지만 붉은 조명과 뿌연 담배 연기는 똑같았다. 붉은색 소파에 앉은 현준이 윗주머니에서 담배를 꺼내는데 승학이 나타났다. 따라온 부하들에게 뒤로 물러나라는 손짓을 한 그가 활짝 웃었다.

"어서 오십시오, 형님."

"요즘 벌이가 괜찮은 모양이군."

"털어 올 건 다 털어 와서 끝물입니다. 이제 슬슬 다른 일을 해봐야죠."

"아까 낮에 네가 보낸 의뢰인이랑 만났어."

"그 영감님 말씀이시죠? 의뢰를 승낙하셨습니까?"

"그러니까 여길 왔지."

"난이도가 높은 데다가 청룡파가 실패한 일이라 애들이 다들 꺼렸습니다."

솔직하게 털어놓은 승학에게 현준이 대답했다.

"하긴, 위치를 봤더니 쉬운 곳은 아니더군."

"그런데도 의뢰를 받아들이신 겁니까?"

"사연이 안타까워서 말이야."

"진짜 형님은 대단하십니다."

"그러지 않으면 살아남을 수 없으니까. 시청역 루트는 쓸 수 있어?"

현준의 물음에 승학의 표정이 굳어졌다.

"어떻게 아셨습니까?"

"건너 건너 들었지. 염려 마. 소문은 안 퍼트릴게."

"그럴 분이 아니라는 거 알고 있습니다. 며칠 전에 뚫었고, 최종 점검 중입니다. 정부 쪽과도 얘기를 좀 해봐야 하고요."

"그럼 내가 테스트해보면 되겠군."

현준의 얘기를 들은 승학이 심각한 표정을 지으며 깍지를 꼈다.

"드론을 띄워봤는데 좀비들이 많습니다."

"도로 상태는?"

"차들이 뒤엉켜 있어서 ATV 정도만 지나갈 수 있습니다."

"시청역에서 신설동역까지 종로의 도로를 이용하면 4.8킬로미터 정도 될 거야. ATV면 10분이면 충분해. 그곳에 진입해서 물건을 가져오는데 빠르면 5분, 늦어도 25분이면 충분할 테고. 중간에 돌발변수들을 생길 걸 감안해도 1시간 안에는 가져올 수 있을 거야."

승학은 한참 동안 생각에 잠겨 있다가 깍지 낀 손을 풀면서 현준을 바라보았다.

"좋습니다. 어차피 테스트는 해 봐야 하니까요."

"장비들도 빌리자."

"얼마든지요. 요청하시면 시청역에 가져다 놓겠습니다."

"고마워."

애기를 끝낸 현준이 일어나자 승학이 따라 일어났다.

"오랜만에 오셨는데 술이라도 한잔하시죠?"

"그날 이후로 술 끊었어."

"들어가실 때 우리 조직원 몇 명만 데리고 들어가 주십시오."

"나 혼자 일하는 거 알잖아."

"새로운 장비를 테스트할 게 있어서요. 여차하면 버리고 오셔도 됩니다."

승학의 애기를 들은 현준이 피식 웃었다.

"냉정한 건 여전하군."

"이 바닥에서 살아남으려면 그 방법밖에는 없으니까요."

"고단하겠군."

중요한 비밀을 알고 있던 현준의 애기에 승학은 씁쓸하게 웃었다.

"일단 시작했으면 쭉 가야 하지 않겠습니까?"

"그래도 언젠가는 돌아가야지. 원래 있던 곳으로."

현준의 대답에 승학이 고개를 저었다.

"어딘지 모르겠습니다, 형님. 거기가 어딘지……."

이틀 후, 연락을 받은 현준은 간단한 장비를 챙겨서 약속 장소로 향했다. 그곳에서 폐쇄된 지하철 선로를 통해 폐쇄구역 내부로 진입했다. 번호판을 뗀 SUV가 물이 찬 지하철 선로를 한참 동안 달렸다. 머리 위에는 임시로 설치한 조명들이 어둠을 간신히 몰아내는 중이었다. 한참을 달린 SUV가 흙과 자갈을 깔아놓은 경사로로 올라가면서 크게 덜컹거렸다. 그러자 옆자리에 앉은 20대 초반의 안경잡이가 살짝 비명을 질렀다.

"어이쿠."

팔짱을 낀 채 앉아 있던 현준에게 혀를 깨물었다며 오두방정을 떨던 안경잡이가 말을 건넸다.

"완전 베테랑이라면서요?"

대답하기 귀찮았지만 자신 쪽으로 완전히 몸을 돌린 모습에 심드렁하게 대답했다.

"여기는 베테랑 같은 건 없어. 그냥 운이 좋고 나쁜 놈이 있을 뿐이지."

"저는 어릴 때부터 운이 좋았어요. 그래서 폐쇄구역에 들어가라는 얘기를 들었을 때도 별로 겁이 안 났죠."

"다행이군."

말을 텄다고 생각했는지 안경잡이가 자기소개를 했다.

"제 이름은 박정우라고 합니다."

"현준이라고 불러. 그리고……."

현준은 궁금해하는 박정우에게 덧붙였다.

"……여기서는 아무도 네 이름을 궁금해하지 않으니까 먼저 묻기 전에는 대답하지 마."

"네."

시무룩해진 박정우가 고개를 숙인 사이, SUV는 승강장에 올라

섰다. 앞에는 총을 뒤로 멘 채 경광봉을 든 늑대파 조직원의 실루엣이 보였다. 시동을 끈 SUV에서 내린 현준이 경광봉을 든 늑대파 조직원에게 물었다.

"입구는?"

"에스컬레이터 위로 올라가십시오. 기다리고 있을 겁니다."

현준은 멈춰 선 에스컬레이터를 밟고 올라갔다. 계단 중간에는 철창이 쳐져 있었고, 에스컬레이터 중간에도 철창이 있었다. 쇠사슬을 풀고 위로 올라가자 지하철을 탈 때 패스를 찍고 통과하는 개찰구가 보였다. 그걸 본 박정우가 감탄사를 날렸다.

"우와, 이게 지하철 개찰구죠? 영상으로만 보고 실제로는 처음이에요."

현준은 호들갑을 떠는 박정우를 뒤로 한 채 개찰구를 지나쳤다. 기둥 사이의 공간은 모두 철창으로 둘러쳐져 있고, 바깥쪽으로는 북한제 73식 대대기관총이 거치되어 있었다. 천장에는 전선으로 이어진 조명이 주렁주렁 걸렸고, 소형 발전기가 시끄럽게 돌아가는 소리가 들렸다. 한쪽에는 외부를 살피는 CCTV 모니터가 있었는데 몇 명이 담배를 피우며 지켜보는 중이었다. 그때, 철창 앞 의자에 앉아 있던 덩치 큰 사내가 일어났다. 30대 초반에 뺨과 이마에 상처가 있고 얼굴과 목이 햇볕에 까맣게 타 있었다.

"현준 형님이십니까?"

현준이 고개를 끄덕거리자 그가 가볍게 고개를 숙였다.

"김동식이라고 합니다."

"자네가 여기 관리자인가?"

"관리자이자 안내인이기도 합니다."

대답을 들은 현준이 검은색 가방을 멘 채 주변을 두리번거리는 박정우를 힐끔 돌아보았다.

"저 친구만 데리고 들어가는 줄 알았는데?"

"주변 상황을 체크해 보라는 승학 형님의 지시가 있었습니다. 귀찮게 하지 않겠습니다."

"내가 징크스가 있는데 알고 있어?"

현준의 물음에 김동식이 고개를 끄덕거렸다.

"혼자만 살아서 돌아온다는 징크스 말입니까?"

"그래서 내가 살아서 돌아오는 것 같아."

잠시 생각하던 김동식이 피식 웃었다.

"재미있는 징크스 같습니다."

"장비는?"

현준의 물음에 김동식이 의자 옆에 놓인 98식 자동소총을 집어 들었다.

"제 것은 이거고, 형님 것은 저쪽에 있습니다."

그가 가리킨 곳에는 접이식 테이블이 있었고, 그 위에 총을 비롯한 장비들이 잔뜩 있었다. 그쪽으로 걸어간 현준이 장비를 챙기는 사이 박정우가 김동식과 인사를 나누고는 이것저것 묻는 소리가 들렸다.

"어, 아저씨 총 아래 그 원통은 뭐예요?"

"헬리컬 탄창, 긴 원통형이라 탄약이 엄청 많이 들어가. 그래서 좀비들이 나타날 때 마구 쏴댈 수 있지."

"저도 총을 가지고 가도 되나요?"

김동식이 현준이 있는 곳을 가리켰는지 박정우가 다가왔다.

"우와! 총이 진짜 잔뜩 있네요? 하나 가져가도 돼요?"

"총 쏴 본 적 있어?"

현준의 물음에 이것저것 고르던 박정우가 고개를 저었다.

"아뇨."

"그럼 챙길 필요 없어."

"그래도 바깥에 나가면 좀비투성인데 빈손으로 가라고요?"

"좀비들은 총을 무서워하지 않아. 오히려 총소리를 들으면 더 몰려오지. 그러니까 탄약이 충분하지 않거나 재장전을 몇 초 내에 못 하면 총은 오히려 거추장스러울 거야."

"그럼 좀비들이 몰려오면 어떡해요?"

"도망쳐야지."

"가까이 오면요?"

박정우의 물음에 현준은 소음기를 끼운 권총을 챙기며 대답했다.

"최대한 빨리 도망쳐. 나머지는 운에 맡기고."

얼어붙은 박정우를 향해 씩 웃은 현준은 탄창과 무전기, 소형 전술 라이트, 라이트 스틱을 끼운 전술 조끼를 걸쳤다. 그리고 장딴지의 홀스터에 권총을 끼워 넣은 다음 접철식 개머리판이 달린 북한제 88식 소총을 집었다. 그리고 총열 아래에 케이블 타이를 이용해서 소형 전술 라이트를 묶었다. 그리고 소음기를 끼운 다음 어깨에 둘러멨다.

철창 입구에 서 있던 김동식이 물었다.

"준비되셨습니까?"

대답 대신 고개를 끄덕거린 현준이 어정쩡하게 서 있던 박정우에게 물었다.

"너는?"

비로소 현실을 깨달았는지 파랗게 질린 박정우가 어깨에 멘 가방을 툭툭 치면서 얘기했다.

"저, 저요. 장비 다 챙겨왔습니다. 테스트도 어제 다 했고요."

"내 뒤에 잘 붙어 있어. 눈에 보이는 동안은 잘 챙겨주겠지만 뒤처지거나 엉뚱한 곳으로 가면 버리고 갈 거야."

"아, 알겠습니다."

박정우와 얘기를 마친 현준이 손짓을 하자 김동식이 철문의 자물쇠를 풀었다.

지상으로 나오는 출입구는 기존의 지하철 출입구가 아니라 새로 판 터널이었다. 그 앞에 있는 ATV 중 한 대에 올라탄 김동식이 고글을 쓰면서 말했다.

"원래 있던 출입구들은 핵폭발로 다 매몰되어버려서요."

뒤에 있는 ATV에 탄 현준은 박정우에게 뒷자리에 타라고 손짓을 했다. 간신히 정신을 차렸는지 박정우가 말했다.

"먼저 확인해보고 움직여야 하는 거 아닌가요?"

"지금은 일단 빨리 이동하는 게 우선이야."

시동을 건 김동식이 옆에 매달린 무전기에 대고 얘기를 하자 뒤쪽의 철문이 닫히면서 앞쪽의 철문이 서서히 열렸다. 연기를 내뿜던 김동식의 ATV가 움직이자 현준도 곧장 뒤를 따랐다. 경사로를 타고 올라가면서 크게 덜컹거리자 박정우가 비명을 질렀다.

"으아아!"

조명이 있긴 했지만 어두운 터널을 나오자 곧바로 흉측한 철골이 보였다. 뒷자리에 앉은 박정우가 물었다.

"저건 뭡니까?"

"서울 시청. 원래 앞쪽이 유리였는데 다 깨지고 철골만 남았어."

"보기 흉하네요."

"원래도 별로였어. 저 앞에 있는 옛날 건물을 덮치는 파도 같았거든."

하늘은 더없이 파란색이었지만 지상의 모습은 처참했다. 특히 핵미사일이 터진 청와대와 가까워서 그런지 고층 건물은 무너진 게 아니라 아예 녹아내렸다. 거리에는 까맣게 타버린 차와 버스들이 녹이 슨 채 서 있었다.

"저긴 호수였나 봐요?"

철골만 남은 서울 시청 앞에 있는 원형의 습지를 본 박정우의 물음에 현준이 고개를 저었다.

"광장이었어. 서울 광장."

입을 다물지 못하는 박정우가 서울 광장이었던 습지에서 눈을 떼지 못하는 사이 현준은 김동식의 ATV를 따라 세종대로 사거리로 향했다. 도로의 아스팔트는 핵폭발의 충격 때문인지 모두 사라져서 흙과 자갈이 드러났다. 좌우의 빌딩들이 무너지고 녹아내리면서 비비 꼬인 철근과 철골들이 도로 쪽으로 가지처럼 뻗어 있었다.

"저, 저기 좀비들이에요."

옛 코리아나호텔 옆 주차장 쪽에서 좀비들이 비틀거리며 걸어 나오는 것이 보였다. 옷이 다 삭아서 비쩍 마른 몸이 거의 다 드러났다. 현준은 앞서 달리는 김동식에게 무전기로 알려줬다.

"우측에 좀비."

─앞쪽에도 보입니다. 사거리에서 우회전하겠습니다.

좀비들이 허우적거리며 쫓아왔지만, ATV의 속도를 따라잡지 못했다. 청계천 광장을 지나 세종대로 사거리가 나오자 박정우가 또 말을 건넸다.

"저기 어딘지 알아요. 광화문 광장이죠? 저기는 이순신 장군 동상 있던 곳이고요?"

"맞아. 꽉 잡아."

"으아악!"

현준이 박정우의 비명을 들으며 ATV의 핸들을 오른쪽으로 꺾었다. 버스전용차로를 포함한 넓은 일직선의 도로가 나왔다. 역시 양옆에 있는 빌딩들의 잔해는 아스팔트가 녹아버린 도로 곳곳으로 넘어와 버스전용차로에 있는 정류장까지 덮친 상태였다. 앞장선 김동식이 능숙한 솜씨로 잔해들을 피해 좌우로 핸들을 틀었고, 현준 역시 뒤따라서 이리저리 움직였다. 그때마다 뒷좌석의 박정우가 비명을 질러댔다. 간혹 부서진 잔해 사이로 소리를 듣고 나타난 좀비들이 보였지만 ATV의 속도를 따라오지는 못했다. 잘 풀리나 싶었는데 종로1가 사거리를 앞두고 있을 즈음 앞서가던 김동식에게 무전이 날아왔다.

—사거리 도로 정면에 좀비들이 좀 많습니다.

"돌파하기 어려울까?"

—잔해들이 많아서 속도가 안 날 거 같습니다. 다른 길로 가는 게 좋겠습니다.

어제 지도를 들여다보면서 수많은 시뮬레이션을 해봤던 현준은 바로 지시를 내렸다.

"왼쪽 조계사 방향으로 갔다가 인사동으로 간다."

—인사동 쪽도 좁지 않습니까?

"좀비들이 별로 없는 데다가 장애물도 없어. 내가 앞장서겠다."

—알겠습니다.

속도를 높인 현준은 종로1가 사거리에서 기다리고 있던 김동식의 ATV를 따라잡았다. 탑골공원 쪽에 좀비들이 잔뜩 모여 있는 게 보였다. 현준은 김동식의 ATV를 앞질러서 조계사 방향으로 틀었다. 역시 양쪽의 건물들은 처참하게 무너져 내렸고, 떨어진 파편에 찌그러진 차들이 길을 가로막고 있었다. 요리조리 피한 현준은 인사동 방향으로 핸들을 틀었다. 넘어진 면세점 간판을 미처 피하지 못하는 바람에 와지끈하는 소리와 함께 ATV가 심하게 튀어 올랐다. 다행히 뒤집히지 않고 균형을 잡은 ATV는 인사동을 가로질러 갔다. 웅덩이에 고인 물이 바퀴에 밟히면서 사방으로 튀었다. 부서진 기념품 가게에서 두 팔을 허우적대며 나온 좀비가 뻗은 손이 아슬아슬하게 스쳐 지나가자 박정우가 기겁했다. 뒤따라오던 김동식의 ATV가 그 좀비를 깔아뭉개면서 들린 소리에 흠칫 놀란 박정우가 앞을 보면서 소리쳤다.

"저 시멘트 무더기는 뭐예요?"

"낙원 상가. 타 넘을 거니까 조심해."

"뭐라고요?"

현준은 곧장 무너진 시멘트 언덕 위로 ATV를 몰았다. 부스러진 시멘트 조각들이 요란한 소리를 내면서 사방으로 튀었다. 언덕 꼭대기에 좀비들이 몇몇 보이자 현준은 홀스터의 권총을 뽑아서 방아쇠를 당겼다. 머리에 총을 맞은 좀비들이 힘없이 쓰러지는 걸 본 박정우가 놀란 표정을 지었다.

"어떻게 다 맞춘 거예요?"

"트레저 헌터로 살아남으려면 이 정도는 기본이야."

언덕을 다 넘어간 ATV가 앞으로 기우뚱했다. 앞에는 폭삭 내려앉은 이선동의 한옥들이 보였다. 깨진 기왓조각과 무너진 담장이 있는 그곳에 도착하자마자 현준은 다시 핸들을 오른쪽으로 꺾었다. 그리고 무전기에 대고 외쳤다.

"여기서 종로3가역으로 가 곧장 직진한다. 잘 따라와."

— 걱정 마십쇼.

종로3가역이 있는 사거리로 나온 현준은 비교적 잔해들이 없는 버스전용차로를 따라 달렸다. 건물 근처에서 서성거리던 좀비들이 소리를 듣고 움직였지만 도로 가운데를 따라 빠르게 달리는 두 ATV를 따라잡지는 못했다. 결국 잔해만 남은 흥인지문까지 무사히 지나 신설동역이 있는 오거리까지 도착했다. 주변을 이리저리 살피던 현준이 갑자기 핸들을 확 꺾었다.

"우악!"

뒷좌석에 앉은 박정우의 비명에 현준이 대답하듯 외쳤다.

"꽉 잡아."

현준이 핸들을 돌려서 길거리에 있는 카페로 들어갔다. 깨진 유리 조각들을 와드득 밟고 지나간 ATV는 새까맣게 타서 넘어진 탁자 뒤에 멈췄다. 김동식의 ATV도 뒤따라 들어왔다. 현준은 김동식에게 따라오라는 손짓을 하고 2층으로 향했다. 박정우에게 그대로 있으라고 하고는 권총을 뽑아 들고 조심스럽게 올라갔다. 다행히 2층에는 말라붙은 시신 몇 개만 있었을 뿐 좀비는 없었다. 아무도 없는 걸 확인한 현준이 박정우를 데리고 빈 테이블로 향했다.

"바로 안 가고 왜 여기로 온 겁니까?"

숨을 헐떡거리며 묻는 박정우에게 현준이 대답했다.

"지하철역이 코앞에 있고, 좁아터진 골목에 음식점들이 가득한 곳이면 좀비도 득실거릴 게 뻔해서 말이야. 지금이야 ATV 속도를 높이면 그만이지만 그 안으로 들어가는 건 얘기가 다르지."

"그, 그러면 여기서 뭘 하는데요?"

"관찰. 네가 밥값 할 시간이야."

그때서야 정신을 차린 박정우가 메고 온 가방을 벗어서 바닥에 내렸다. 뒤따라 올라온 김동식이 2층으로 올라오는 계단 중간에 와이어를 걸었다. 가방의 지퍼를 열고 접시 모양의 드론들을 꺼내던 박정우가 그걸 보고 물었다.

"저건 뭔가요?"

"침입 방지용 와이어. 날카로운 철선이라 걸리면 잘려."

그 얘기를 들었는지 김동식이 바닥에 떨어진 종이를 하나 집어서 와이어에 쓱 갖다 댔다. 종이가 예리하게 잘리는 걸 본 박정우의 눈이 커졌다. 그걸 본 현준이 키득거렸다.

"좀비가 들어오면 저기에 다리가 잘려."

"보이는데 안 피해요?"

"뭔지 모르니까, 소리 없이 막기에는 최고지. 하지만 떼거리로 몰려오면 소용없어. 그러니까 서둘러."

박정우가 드론을 살펴보고는 대답했다.

"세, 세팅 완료되었어요. 어디로 보낼까요?"

박정우의 물음에 현준은 전술 조끼의 주머니에 넣어둔 소형

GPS를 꺼내 화면을 보여줬다.

"여기, 식스센스라고 찍힌 장소 주변으로."

"네."

조작용 디스플레이 패드를 꺼낸 박정우가 손을 가볍게 푼 후에 붉은색 버튼을 눌렀다. 그러자 다섯 대의 드론들이 차례로 떠서 깨진 유리창을 뚫고 밖으로 나갔다. 디스플레이 패드에는 다섯 개로 분할된 화면이 나왔다. 화면을 응시하던 현준이 손가락으로 일일이 위치를 찍었다.

"들락거리라는 간판이 있는 곳 위에 하나 띄우고 나머지는 식스 센스 주변에 띄워."

"알겠습니다."

드론 하나의 위치가 고정된 채 나머지 드론들이 움직여서 식스 센스 주변을 감쌌다. 루프탑이 있던 3층과 식스센스라는 간판이 보였다. 현준이 지켜보는 가운데 박정우가 고개를 갸웃거렸다.

"의외로 멀쩡하네요. 전봇대도 그대로 서 있고요."

"지금 우리가 들어온 건물까지 해서 앞에 큰 건물들이 두 개나 있잖아. 폭풍을 막아줬을 거야. 좀비들 체크해 봐."

"화면을 확대하겠습니다. 주변에 생각보다 많네요."

드론이 찍은 화면에는 거리를 서성거리는 좀비들이 잡혔다. 화 면을 확대해서 이리저리 살피던 박정우에게 현준이 말했다.

"드론에 있는 스피커를 최대한 키워서 골목길 끝으로 보내. 세 군데니까 각각 한 대씩."

"그럼 좀비들이 움직이나요?"

"아까 소리를 따라 움직이는 걸 봤잖아. 눈이 썩어서 대부분 소리에 반응해. 내가 신호하면 작동시켜. 한 대는 예비용으로 남겨놓고."

박정우에게 지시를 내린 현준이 계단 입구 쪽을 지키고 있던 김동식에게 다가갔다.

"뒤쪽 창문으로 내려가서 식스센스로 갈게."

"같이 가시죠. 한 명은 밖에서 지켜야 하지 않겠습니까?"

"어차피 골목에서 총을 쏘면 다 몰려오잖아. 금방 갔다 올게. 내가 나오면 아래층으로 내려와."

고개를 끄덕인 김동식의 어깨를 두드린 현준은 디스플레이 패드를 뚫어지게 바라보는 박정우에게 말했다.

"지금 작동시켜."

고개를 끄덕거린 박정우가 패드 모서리에 있는 녹색 버튼을 눌렀다. 그러자 식스센스 상공에 떠 있던 세 대의 드론이 요란한 소음을 냈다. 웽웽거리는 소리에 서성거리던 좀비들이 걸음을 멈추고 하늘을 바라봤다. 드론들이 천천히 골목길을 거슬러서 움직이자 좀비들이 따라갔다. 4월임에도 불구하고 긴장했는지 이마의 땀을 훔친 박정우가 창밖을 살피던 현준에게 말했다.

"2킬로미터가 넘으면 무선이 안 먹힙니다."

"그냥 직진시켜."

짧게 대답한 현준은 창틀에 남은 유리를 군화로 살짝 밟고 아래로 뛰어내렸다. 가볍게 한 바퀴 굴러서 충격을 흡수한 현준은 한 손으로 88식 자동소총을 움켜쥔 채 식스센스 쪽으로 뛰었다. 부서진 차들이 줄지어 서 있는 지하 주차장 출입구를 지나 골목길 왼쪽으로 뛰었다. 식스센스가 있는 삼거리에 접해 있는 편의점에서 앞치마를 두른 좀비가 어슬렁거리며 나오는 게 보였다. 현준은 뛰면서 그대로 권총을 뽑아 이마에 구멍을 냈다. 튕겨 나간 탄피가 팅팅거리면서 거리 한쪽으로 굴러갔다. 식스센스 1층의 전면 유리창은 모두 부서진 상태라서 안쪽이 잘 보였다. 현준은 88식 자동소총의 안전장치를 풀고, 총열에 매달린 전술 라이트를 켰다. 주변에 드론을 쫓아가지 않은 좀비들이 몇몇 보였지만 신경 쓰지 않고 안으로 진입했다. 빔 스크린을 통해 본 고급스러워 보였던 의자는 피와 먼지를 뒤집어썼고, 탁자는 대부분 부서지거나 넘어진 상태였다.

'위로 올라가는 계단이랑 주방 사이의 좁은 통로라고 했지.'

수십 번도 더 봐두었던 지하 벙커의 입구 위치를 중얼거린 현준은 몸을 바짝 낮춘 채 바 안쪽을 살폈다. 바짝 말라비틀어진 시신 하나가 누워 있는 게 보였다. 아무것도 모르고 출근해서 일하다가 봉변을 당한 바텐더 같았다. 지하로 내려가는 출입구는 사진에서 본 것보다 더 좁고 가팔라 보였다. 특히 벙커는 어두컴컴했다. 심호흡을 한 현준은 일단 2층에서 내려오는 계단 입구에 와이어를 걸었다. 그리고 라이트 스틱을 몇 개 꺾어서 계단 아래 벙커로 던졌다. 라이트 스틱의 형광이 어둠 속에서 빛나는 걸 본 현준은 일단 88식 소총을 겨눈 채 지켜보았다. 시간이 없다는 생각과 그래도 조심해야 한다는 생각에 머리가 복잡해지는 순간, 라이트 스틱의 형광이 뭔가에 가려지는 게 보였다. 현준은 지체 없이 방아쇠를 당겼다. 총구에 끼워진 소음기가 88식 소총의 묵직한 소리를 집어삼켰다. 벽에 튕긴 탄피가 계단 아래로 굴러가서 머리가 깨진 좀비의 목덜미에 떨어졌다. 현준은 심호흡을 하면서 조심스럽게 계단을 내려갔다. 계속 귀를 기울이고 코를 킁킁거렸지만 좀비 특유의 악취나 부스럭거리는 소리는 들리지 않았다. 입구에 쓰러진 좀비를 지나쳐서 벙커 안으로 들어간 현준은 88식 자동소총에 매달린 전술 라이트로 구석구석을 비췄다. 한쪽으로 밀린 소파들이 불안해 보여서 몇 발 더 발사했지만, 아무것도 없었다.

'진열장.'

현준은 왼쪽에 있는 진열장 쪽을 비추고는 순간적으로 욕설이 나올 뻔했다. 핵폭발의 충격 때문인지 진열장이 텅 비어 있었던 것이다. 다행히 아래쪽 바닥에 술병들이 깨져 있거나 넘어져 있는 게 보였다. 현준은 소파에 88식 자동소총을 세워 놓고 조끼에 있던 전술 라이트를 꺼내 하나씩 살폈다.

'이건 글렌피딕이고, 헤네시…… 이거다!'

제일 구석에 래미 마르탱이 보였다. 전술 라이트로 세세하게 비춰보면서 맞는지 확인한 현준은 곧장 술병을 집어 들고 전술 조끼에 붙여놓은 파우치 안에 쑤셔 넣었다. 그리고 무전기에 대고 외치면서 계단을 올라갔다.

"목표물 확보. 이동 준비해!"

무전을 마치고 올라간 현준은 바닥에서 버둥거리는 좀비를 발견했다. 위층에 있던 좀비가 내려오다가 와이어에 걸려서 두 정강이가 잘려 나간 것이다. 넘어져서 버둥거리던 좀비가 팔을 뻗으려고 하자 현준은 지체 없이 88식 자동소총으로 머리를 터트려버렸다. 문제는 식스센스의 바깥에 좀비들이 가득했다는 것이다.

"언제 몰려왔지!"

현준은 곧장 몸을 낮춘 채 88식 자동소총의 방아쇠를 당겨서 식스센스 안으로 들어오려는 좀비들을 쓰러뜨렸다. 다행히 한쪽에 몰려있는 좀비들을 쓰러뜨리면서 밖으로 나갈 공간이 생겼다. 현준은 빈 탄창을 뽑고, 새 탄창을 끼우면서 밖으로 나왔다. 두 사람이 있는 건물 쪽으로 가려고 했지만 길이 보이지 않을 정도로 좀비들이 가득했다.

"젠장!"

현준은 새로 갈아 끼운 88식 소총의 방아쇠를 연거푸 당기며 좀비들을 쓰러뜨렸다. 그리고 트럭의 짐칸으로 올라갔다가 그대로 전봇대를 타고 올라갔다. 지주 핀 같은 걸 밟고 올라가자 발아래로 몰려든 좀비들이 보였다.

"망할!"

그때 머리 위에서 사이렌 소리가 들렸다. 고개를 들자 드론 하나가 아래로 내려오는 게 보였다. 전봇대 아래로 몰려들던 좀비들이 드론이 내는 소리에 하나둘씩 방향을 틀었다. 윙윙거리던 드론이 편의점 골목 쪽으로 향하자 상당수의 좀비가 그쪽으로 따라갔다. 한숨을 돌린 현준은 아래로 내려왔다. 부서진 식스센스를 지나 건물로 뛰어간 현준은 아래층으로 내려온 두 사람과 마주쳤다. 김동식이 ATV에 올라타서 시동을 거는 걸 본 현준은 박정우에게 얼른 타라는 손짓을 하고는 ATV의 핸들을 잡았다.

"도와줘서 고마워."

박정우가 씩 웃으며 대답했다.

"별말씀을요."

앞장서 가는 김동식에게 현준이 무전기에 대고 외쳤다.

"최대 속도로 직진!"

—알겠습니다.

사무실로 돌아온 현준은 미란의 책상 위에 술병을 올렸다.

"의뢰인에게 연락해. 찾았다고."

그러자 머뭇거리던 미란이 쪽지를 내밀었다. 그녀가 내민 쪽지를 물끄러미 바라보던 현준이 중얼거렸다.

"아무래도 직접 가져다줘야겠군."

"그럴 필요까지 있어요?"

미란의 물음에 그가 고개를 끄덕거렸다.

"빈손으로 가고 싶어 하지 않았잖아."

술병을 다시 챙겨 든 현준에게 미란이 대답했다.

"주소는 메시지로 보내드릴게요."

"알겠어."

사무실을 나온 현준은 앞에 세워진 차에 올라탔다. 그리고 술병은 조수석에 던져 넣었다. 잠시 후, 핸드폰 문자메시지로 가야 할 곳의 주소가 왔다. 위치를 확인한 현준은 시동을 걸고 잠시 고민하다가 술병의 뚜껑을 열었다. 안에는 흰 종이가 돌돌 말려진 상태로 들어가 있었다. 손가락으로 조심스럽게 빼낸 현준은 그것이 식스센스의 개업 때 찍은 사진들이라는 것을 알아차렸다. 여러 명이 어깨동무를 하고 찍은 사진 중에는 의뢰인의 10년 전 모습이 보였다. 사진을 도로 술병 안에 집어넣은 현준은 시동이 걸린 차를 출발시켰다.

그가 도착했을 때는 납골당에 화장한 유골을 모시는 중이었다. 하얀 항아리에 들어간 의뢰인의 유골함이 유리 케이스에 들어가는 걸 본 현준은 발걸음을 빨리했다. 그리고 제지하려는 젊은 남자에게 술병을 흔들어 보였다.

"돌아가신 분이 애타게 찾던 술병입니다."

술병을 본 젊은 남자가 놀란 눈으로 현준을 바라봤다.

"이건 어디서 찾았습니까?"

"식스센스 지하 벙커에서요."

할 말을 잃었는지 눈을 껌뻑거리던 젊은 남자가 간신히 대답했다.

"아버지가 이틀 전 돌아가시기 전에 말씀하시긴 했습니다. 누군가 술병을 찾아올 거라고 말이죠."

현준이 술병을 건네자 의뢰인의 아들은 두 손으로 받아서는 유골함 옆에 세워 놨다. 유골함 앞에는 의뢰인의 젊은 시절 사진이 액자에 넣어진 채 놓였다. 활짝 웃는 의뢰인의 젊은 시절 모습을 본 현준은 말없이 돌아섰다.

   좀비 장르에 관심이 있으신 분들이라면 이 작품에 등장하는 현준과 미란, 그리고 늑대파의 리더 승학이 익숙하실 겁니다. 이들은 제가 몇 년 전에 발표한 〈폐쇄구역 서울〉에 나오는 등장인물들입니다. 이번 작품의 세계관 역시 〈폐쇄구역 서울〉과 같습니다. 작품에서는 나름대로 마무리를 짓긴 했지만, 등장인물들의 후일담이 궁금하다는 요청이 제법 있었는데 마침 좋은 기회가 되어서 뒷이야기를 쓸 수 있었습니다. 식스센스라는 공간을 처음 봤을 때 느낀 점은 바로 이 공간이 사라지면 사람들은 어떻게 기억할까, 입니다. 사람들은 늘 좋은 시절을 떠올리며 우울한 현재를 견디곤 합니다. 특히 갑작스럽게 핵폭탄이 떨어지고, 죽었던 사람들이 좀비가 되어서 깨어나는 상황이 되면서 서울이 폐쇄된다면 갑작스럽게 삶의 터전을 떠나야 하는 사람들에게는 크나큰 고통일 겁니다. 그래서 종종 소설처럼 사람들이 큰돈을 들여서 사소한 물건들을 손에 넣으려고 할지 궁금하다는 질문을 많이 받습니다. 정상적인 상황이라면 그렇지 않겠지만 좀비가 나타나고 서울이 폐쇄되어서 들어갈 수 없는 상황이라면 그러고도 남을 것이라는 게 제 생각입니다. 일단 저부터도 그럴 테니까요. 식스센스라는 공간을 두고 여러 작가가 다양한 이야기를 썼습니다. 저는 제안을 받자마자 그 공간이 갈 수 없게 되는 상황이 된다면 어떨까 하는 생각을 했고, 자연스럽게 좀비를, 그리고 현준과 미란, 그리고 늑대파를 떠올렸습니다.

우리는 삶의 앞에서 비겁할 수밖에 없습니다. 신념을 지키기 위해 목숨을 건 사람들이 교과서에 나오고, 영화나 드라마에 등장하는 건 그런 사례들이 지극히 적기 때문입니다. 대부분의 사람은 살아남기 위해서 비겁해져야만 했고, 그걸 외면하기 위해 더 비겁해지곤 합니다. 그렇게 살아남은 사람들은 지나간 세월을 그리워할 수밖에 없었고, 그걸 풀기 위해 자신과 가족의 손때가 묻은 것들에 집착하게 됩니다. 제가 좀비를 좋아하는 건, 문명이라는 가면 속의 인간성을 시험대에 올릴 수 있기 때문입니다. 좀비가 등장하는 영화나 드라마를 보면, 살기 위해 남을 위험에 빠트리는 걸 개의치 않는 인물부터, 가족과 친구를 위해 스스로를 희생하는 인물들이 등장합니다. 우리가 실제로 그런 순간을 맞이하면 어떤 선택을 하게 될지 저는 너무나 궁금합니다. 그래서 좀비를 등장시키는 이야기에 관심이 있는지도 모르겠습니다.

식스센스는 여러모로 독특한 곳입니다. 골목 안으로 들어선 순간, 눈에 확 들어오는 조명과 특색 있는 실내장식은 상상의 나래를 펴기에 부족함이 없는 곳이죠. 작가에게 특정한 장소를 가지고 이야기를 한다는 것은 좁은 함정 속으로 스스로 걸어가는 걸 의미합니다. 하지만 주변을 잘 살펴보면 그 함정을 넓은 공간으로 바꿀 수 있는 방법과 장치들이 다양하게 존재합니다. 식스센스는 저에게 그런 공간입니다. 벙커라고 불리는 지하와 1·2층, 그리고 루프탑이라는 한정된 공간이지만 더 넓은 이야기를 펼칠 수 있는 무대로서 말이죠. 작가는 아주 작은 걸 보고 느끼면서 이야기를 상상합니다. 식스센스는 그런 무대로서는 아주 제격입니다. 이야기를 만들어주는 여섯 번째 감각이 존재하는 그런 곳으로 말이죠.

정명섭

우주시점
이갑수

*

첫 번째 메시지를 받은 것은 교황이다.

대천사 미카엘이 교황의 꿈에 나타난다. 미카엘은 하늘에서 천천히 내려온다. 어깨 뒤로 커다란 빛의 날개가 달려 있다. 교황은 성호를 긋고 화급히 무릎을 꿇는다. 교황은 그제야 자신이 구름 위에 있다는 것을 깨닫고, 조심스럽게 주위를 일별한다. 바닥이 구름인 것을 제외하면 성 베드로 성당과 똑같다. 멀리서 바람 소리와 하프의 연주 소리가 들린다. 모든 것이 완전하다. 평소에 상상하던 것들이 그대로 구현되어 있다. 그것들은 교황에게 신앙의 증거이자 은총이었다.

미카엘이 메시지를 전한다. 말을 한 것은 아니다. 미카엘은 교황과 눈을 맞추고 서 있을 뿐이다. 하지만 교황은 신의 전언을 온전히 이해한다. 교황은 미카엘의 메시지를 들으며 눈물을 흘린다.

다음 날, 교황은 자신이 주재하는 미사에서 신도들에게 자신이 들은 것을 전한다.

—앞으로 5년 안에 지구상의 모든 핵무기를 없애지 않으면 인류는 멸망할 것입니다.

몇몇 신문에서 관련 기사를 짧게 다뤘을 뿐, 큰 반향은 없다. 직접 미사에 참여한 신도들조차 교황이 대천사 미카엘을 만났다는 말을 비유로 받아들인다. 인류 멸망이라는 표현이 과격하기는 하지만, 핵무기와 전쟁 반대는 교황이 늘 하는 말이고 교황청의 공식 입장과도 일치한다. 교황은 자신의 모든 영향력과 권한을 사용해 지속해서 미카엘의 말을 전한다. 하지만, 아무 일도 일어나지 않는다.

교황은 그들이 기대한 것 이상으로 잘 해줬다. 지구인들의 가슴 한편에 핵무기에 대한 경고를 심어주는 것, 딱 거기까지가 교황의 역할이다.

그들은 1999년 여름에 지구에 왔다. 노스트라다무스의 예언에 등장하는 하늘에서 내려온다는 공포의 대마왕은 어쩌면 그들을 지칭하는 것인지도 모른다. 하지만, 그들이 이곳에 온 이유는 지구를 구하기 위해서다.

멸망 직전의 행성에서는 특정한 종류의 전파가 발생한다. 그들은 그 전파를 수신할 수 있다. 그들은 그 전파를 구조신호라고 부른다. 그들의 경험칙에 따르면, 구조신호를 내보내기 시작한 행성은 300년에서 500년 정도 후에 멸망한다. 지구는 100년 전부터 구조신호를 내보내고 있다.

그들의 기술과 수명으로 이동 가능한 행성 중에 생명체가 사는 행성은 1만 개 정도다. 지구는 그중에서도 문명을 가진 몇백 개밖에 안 되는 행성 중 하나다.

구조신호를 받으면 그들은 우선 조사팀을 파견한다. 행성이 멸망하는 원인은 다양하다. 주어진 수명이 다해 소멸하는 경우가 제일 많다. 하지만 그런 경우는 보통 구조신호를 내보내지 않는다. 다음으로 많은 것은 행성의 핵이나 자기장에 문제가 생기는 경우다. 생명체로 치면 심장이 멈추거나 혈액순환 장애가 생기는 것과 같다. 그들은 일종의 전기충격 같은 기술로 다시 행성의 핵에 에너지를 부여하고, 자기장을 바로잡는다.

운석이나 대기 문제로 멸망하는 행성도 있다. 행성과 충돌할 예정인 운석의 궤도를 바꾸는 것은 그들에게 비교적 쉬운 일이다. 다만, 대기 문제는 시간도 오래 걸리고 쉽지가 않다. 몇 번밖에 사례가 없기는 하지만, 문명을 가진 생명체가 스스로 자신의 행성을 파괴한 경우도 있다. 그들의 기록에 따르면 전쟁으로 멸망한 행성이 일곱 개, 반물질 실험을 하다가 행성이 통째로 파괴된 경우가 한 번 있었다.

멸망하기 전에 그들에게 발견됐지만, 소생 불가능한 행성도 많다. 그들은 인류보다 수십 세기나 앞서는 과학기술을 보유했지만, 만능은 아니다. 소생 불가능한 행성의 경우 그들은 그 행성의 생명체 일부를 다른 행성으로 이주시킨다.

언젠가 나는 그들에게 왜 다른 행성과 생명체를 구하러 다니느냐고 물은 적이 있다.

—여러분도 비슷한 일을 하던데, 같은 이유일 겁니다.

그들은 그렇게 말하면서 아프리카의 샤바 국립 야생동물 보호구역의 영상을 틀어줬다. 그들은 말을 할 때마다 시청각 자료를 곁들인다. 언어와 문명 차이에 따른 간극을 극복하기 위해서일 것이다. 그 덕에 더 쉽고 정확하게 이해할 수 있을 때가 많지만, 나는 마음에 들지 않는다. 어쩐지 무시당하는 기분이 든다.

행성을 구조할 수 있는가 없는가를 판단하는 것은 온전히 조사팀의 몫이다. 권한이 막중한 만큼 조사팀은 사소한 것까지 빠뜨리지 않고 자세히 검토한다. 그들은 20년이나 지구를 샅샅이 조사했다. 통상의 경우보다 조금 오래 걸린 편이었다. 멸망의 징후는 산재해 있지만, 정확한 이유를 찾지 못했기 때문이다. 환자가 아픈 것은 분명한데, 혈액검사를 해도, X-ray와 MRI를 찍어도, 병의 원인을 쉽게 찾을 수가 없었다. 20년에 걸친 검사와 추적 끝에 그들은 지구가 걸린 질병의 원인을 이렇게 진단했다.

—인간.

인류만 없으면, 지구는 더없이 평온하고 쉽게 멸망하지 않으리라는 것이 그들의 결론이었다.

—멸종시킬 생각인가요?

그들의 최종 진단을 들었을 때, 나는 그렇게 물었다.

— 천만 명 정도는 남겨둬야죠. 걱정하지 마세요. 여러분은 살아남을 겁니다.

그들이 대답했다. 그들은 나를 부를 때도, 인류 전체를 지칭할 때도 여러분이라는 말을 사용한다. 정확한 이유는 알 수 없지만, 아마도 그들의 언어가 단수형과 복수형을 구분하는 방식이 인류의 언어와 근본적으로 다르기 때문인 것 같다.

내가 그들을 만난 것은 자기소개서 때문이다. 나는 대학 졸업 후 4년 정도 취업 준비를 했다. 아르바이트를 하면서 매일 이력서와 자기소개서를 썼다. 고등학생 때, 문화 산책이라는 프로그램에서 어떤 소설가가 매일 원고지 15매 분량의 글을 쓴다고 인터뷰한 것을 들은 적이 있다. 원고지 15매는 A4용지로 한 장 반 정도 된다. 그때는 그게 대단하다고 생각했는데, 매일 이력서와 자기소개서를 쓰다 보니, 별거 아니라는 것을 알았다. 취업 준비생은 매일 원고지 30매 분량의 글을 쓴다. 책으로 여섯 권 분량의 이력서와 자기소개서를 썼을 때, 나는 그들을 만났다.

그즈음 나는 쓰레기 분리수거장에서 아르바이트를 하고 있었다. 그 일을 찾기 전까지 주로 편의점에서 일했는데, 대부분은 정상적인 손님들이지만 백 명에 한두 명은 꼭 나랑 같은 종족이 맞는지 의심스러운 인간들이 있었다. 사람에 치이다 보니 점점 자존감도 낮아지고, 대인기피증 같은 것도 생겼다. 그게 또 면접에 영향을 미쳐서 계속 떨어졌다. 악순환의 고리를 끊기 위해 가능한 한 사람과 접촉하지 않는 일을 찾다 보니 쓰레기장까지 오게 되었다. 악취와 피부병에 시달리긴 했지만, 일당도 높은 편이고 일도 할 만했다. 무엇보다 태호 형을 만날 수 있어서 좋았다.

태호 형은 내 고등학교 2년 선배였는데, 전교생의 동경 대상이었다. 큰 키에 수려한 외모는 물론이고, 학생회장, 학력고사 전국 석차 7등, 수능시험에서 만점을 받아 뉴스에도 나왔다. 12년 만에 태호 형을 다시 만났을 때, 나는 교문 앞에 걸린 서울대 합격 축하 현수막을 떠올렸다. 태호 형은 의대에 가라는 주위의 권유를 뿌리치고 천체물리학과에 갔다.

—우주비행사가 되고 싶습니다.

꿈을 묻는 앵커의 질문에 태호 형은 그렇게 대답했다.

모든 행성은 태양을 초점으로 하는 타원궤도를 따라 운동한다. 뉴턴의 정신적 스승이라는 케플러가 발견한 행성 운동 법칙이다. 무엇을 초점으로 어떤 궤도를 따라 움직이면 우주비행사에서 환경미화원이 되는지 모르겠지만, 나는 태호 형을 쓰레기 분리수거장에서 다시 만났다. 태호 형은 구청 소속의 9급 공무원이다. 태호 형은 아직 꿈을 포기하지 않았다. 지금도 누가 물으면 망설임 없이 우주에 가고 싶다고 대답한다. 손은 7급이 되기 위한 문제를 풀고 있어도 눈은 언제나 대기권 밖을 보고 있다.

—안고수비(眼高手卑)의 전형이구나.

아버지는 그렇게 말했지만, 나는 태호 형을 보고 있으면 가끔 부러울 때가 있다. 나에겐 거창한 꿈같은 게 없으니까. 사고 싶은 물건이나 먹고 싶은 음식은 있어도, 오랜 시간 노력해서 뭘 하고 싶다거나, 어떻게 되고 싶다고 생각한 적이 한 번도 없다. 아버지처럼 안정적으로 잘 먹고 잘 사는 것, 그게 내 꿈이다. 아버지는 경찰이었고, 태호 형이 매일 풀고 있는 문제집보다 한 단계 높은 6급에 해당하는 경감으로 정년 퇴임했다. 연금이 어마어마하다.

순수하게 일당으로만 계산하면 내가 받는 돈이 태호 형보다 많다. 나는 이런저런 명목으로 떼이는 게 없으니까. 하지만, 아르바이트는 매일 있는 게 아니다. 일손이 부족할 때만, 아니, 일손은 늘 부족하지만 도저히 물리적으로 감당할 수 없을 때만, 내가 필요하다. 그래서 나는 매일 네 곳의 취업 관련 사이트를 확인하고, 자기소개서와 이력서를 보냈다.

그들이 올린 채용공고는 수상하기 그지없었다. 연봉은 지나치게 높았고, 숙식하며 일하는 것도, 회사 주소가 없는 것도 의심스러웠다. 사이트의 내규에 맞지 않는 공고였다. 아마 며칠 안 돼서 관리자에 의해 삭제됐을 것이다. 무엇보다 업무에 관한 설명이 한 줄뿐이었다.

─본사는 지구를 구하는 일을 합니다.

뭘 하는 회사인지 쉽게 가늠이 되지 않았다. 나는 자기소개서와 이력서를 쓰레기장 분리수거 아르바이트를 오래 했다는 것에 초점을 맞춰서 썼다. 분리수거는 다른 그 어떤 일보다 확실하게 지구를 구하는 일이다.

3일 후에 답장이 왔고, 나는 바로 채용되었다.

—여러분이 선택한 겁니다.

왜 나를 선택했냐고 묻자, 그들은 그렇게 대답했다. 거센 물살에 강을 건너지 못해 무리와 떨어져 홀로 남은 그레비얼룩말의 영상을 틀어줬다. 그 채용공고에 지원한 사람은 나밖에 없었던 모양이다. 나만 빼고 모두가 영리한 것일 수도 있고, 그 반대일 수도 있다.

두 번째 메시지를 받은 것은 미합중국 대통령과 주요 인사들이다. 메신저는 링컨을 보냈다. 링컨은 과오가 많음에도 미국인들에게 두루 사랑받는 인물이다. 링컨의 모습은 미국 국립문서기록관리청의 복원 사진을 참고했다. 메시지의 내용도 링컨의 연설에서 따왔다.

—인류의, 인류에 의한, 인류를 위한 핵무기 폐기.

식상하다는 지적이 있었지만, 지구인은 메타인지가 강해서 익숙한 문장이 효과가 크다는 주장에 설득되었다.

그날 밤, 미국의 대통령, 국방부 장관과 국무장관, 차기와 차차기 대통령 후보들, 민주당과 공화당의 중진들, 각 분야의 지도자들과 연예인들, 총 3백 명의 꿈에 링컨이 나타났다.

그들은 심혈을 기울여 명단을 작성했다. 부통령은 매일 밤 수면제를 먹는다는 이유로 제외됐고, 밥 딜런은 노벨문학상을 받았다는 이유로 탈락했다. 어벤저스 멤버 중에도 한 명 포함되어야 한다는 의견도 있었다. 그들은 모두 아이언맨의 팬이었지만, 그는 마약 전과가 있어서 할 수 없이 캡틴아메리카로 결정되었다.

다음 날 아침, 전혀 예상하지 못한 일이 벌어진다. 천 명이 넘는 사람들이 꿈에서 링컨을 만났다고 공표를 한 것이다. 그 꿈 이야기는 SNS를 중심으로 퍼지더니 하루 만에 링컨을 봤다는 사람이 3천 명까지 늘어난다. 모두가 유력인사와 유명인들이다. 그중에는 그들이 이런저런 이유로 명단에서 제외한 사람들도 다수 포함되어 있다.

그들은 혹시 실수가 있었는지 점검한다. 그들의 실수는 아니다. 그들은 정확히 3백 명에게만 링컨을 보냈다. 정신간섭 기술의 특성상 목표로 한 사람 이외의 다른 사람이 영향을 받을 수도 없었다. 물론 그들과 무관하게 그냥 꿈에서 링컨을 만날 가능성은 있다. 하지만 미국에서 하룻밤에 3천 명이나 되는 사람이 꿈속에서 링컨을 만났다는 것은 이상한 일이고, 만에 하나 그렇다고 해도 꿈의 내용까지 똑같을 수는 없다.

　—여러분은 정말 난감한 존재예요.

인류가 조금만 덜 진화했더라면, 이런 복잡한 과정은 필요하지 않았을 것이다. 정신지배를 통해 집단자살하게 만들거나, 한곳에 모아놓고 살처분하면 될 테니까. 그러나 인류는 그들의 정신지배가 통하지 않는 수준까지 진화했다. 수면 상태에 있을 때 꿈에 간섭할 수 있는 게 최선이다. 문명의 수준은 그들을 더 곤란하게 만들었다. 그들이 보기에 인류의 문명과 과학은 이제 막 걸음마를 하기 시작한 어린아이 수준이다. 그런데 그 어린아이가 어른들의 무기를 갖고 있다. 항성 간 이동기술도 확보하지 못했고, 에너지 전환 공식도 발견하지 못했고, 시간 외 물질 사용 방식도 모르는 문명이 핵무기를 사용한다는 것은 어린아이가 반자동 소총을 들고 있는 것과 같다. 아이는 매우 위험한 상태지만, 손에 들린 총을 뺏기 전까지는 아이를 구하기 위해 다가갈 수가 없다. 강제로 뺏으려다 총을 난사할 우려가 있으므로 아이가 스스로 총을 바닥에 내려놓게 만들어야 한다.

지구의 멸망 원인을 파악하러 왔던 조사팀은 그대로 인류의 완전한 비핵화를 위한 팀으로 전환되었다. 그들은 본성의 지원팀이 도착하기 전까지 부족한 인력을 보충하기 위한 궁여지책으로 채용 공고를 냈고, 내가 거기에 지원한 것이다.

―함대가 올 겁니다.

완전한 비핵화 이후에는 어떻게 되냐고 묻자 그들은 그렇게 답하면서 스타워즈 〈제국의 역습〉의 오프닝 영상을 틀어줬다.

우주 함대는 우선 폭격으로 지구의 군사시설과 통신, 발전, 항만, 교통과 관련된 주요 시설을 파괴한다. 다른 생명체에게 최소한의 피해가 가도록 철저하게 도시 위주로 공격한다. 안타깝지만 인간과 함께 사는 반려동물들은 같이 희생될 수밖에 없다. 지상을 점령한 후에는 마지막 저항 세력을 소탕한다. 무력화시킨 후에 살아남은 인류를 모아서 처리한다. 종의 보존을 위해 천만 명은 남겨둔다. 선별 방식은 컴퓨터에 의한 완전한 랜덤이다.

―너무 강압적인 거 아닌가요?

내가 묻는다. 나는 이런 방식이 아니라, 그들이 정체를 밝히고 지구의 위기를 알리면 평화롭게 해결할 수도 있다고 주장한다.

—여러분은 이미 알고 있어요.

그들이 대답한다. 그들은 차례대로 구멍 난 오존층, 해수면의 상승, 대기 오염, 미세 플라스틱, 지하 핵실험으로 인한 지진, 변종 바이러스, 전쟁 등의 영상을 끊임없이 재생한다. 마지막 영상은 중동과 아프리카의 기아에 관한 거다. 그 영상에 따르면 지구는 매년 100억 명이 배불리 먹을 수 있는 식량을 생산하고 있는데, 지금 지구에 사는 인류는 70억 명, 그런데 매년 전 세계적으로 15억 명의 인간이 굶주림에 시달리고, 그중 30퍼센트 정도는 아사한다.

한 마디로 인류는 희망이 없는 종이라는 뜻이다.

—그래도 여긴 우리 행성인데, 무작정 쳐들어와서 다 죽이는 건 심하잖아요. 기회라도 줘야죠.

나는 말문이 막혔지만, 그대로 물러설 수는 없어서 한 마디 더한다.

—여러분의 행성이 아니에요.

그들은 전 세계에 흩어져 있는 양계장의 영상을 틀어준다. 지구에 사는 인간은 70억 명이다. 지구에 사는 닭의 숫자는 700억 마리다. 생산성이 떨어진다는 이유로, 매년 50에서 60억 마리의 수평아리가 태어나자마자 분쇄기에 갈려 사료가 된다. 나는 그들이 양계장 영상을 틀어준 이유가 지구가 닭의 행성이라는 뜻인지,

그들이 보기에 지구는 거대한 양계장에 불과하다는 의미인지 헷갈린다.

—여러분을 도와주려는 거예요.

그들이 말한다.

처음으로 아무런 영상도 틀지 않는다.

그들은 나와 내 아버지가 우선적으로 선발될 수 있도록 특혜를 주었다. 이제 구백구십구만 구천구백구십팔 자리가 남아 있다. 나는 태호 형도 살아남을 수 있도록 부탁했는데, 그들은 가족이 아니면 들어줄 수 없다고 했다. 단, 내가 결혼을 하면 배우자는 우선 선발될 수 있다고 덧붙였다. 나는 진지하게 고민했다. 하지만 아무리 생각해도 태호 형과 결혼을 할 수는 없었다. 태호 형도 아마나와 결혼하는 것보다는 인류와 함께 멸망하는 쪽을 선택할지도 모른다.

—다단계는 아니지?

내가 취직을 해서 아르바이트를 그만두겠다고 했을 때, 태호 형은 그렇게 물었다. 나는 아직 잘 모르겠다고 대답했다.

—언제든 돌아와.

페트병에 붙은 비닐 라벨을 떼면서 태호 형이 말했다. 나는 왠지 그 말이 고마웠다. 돌아갈 곳이 있다는 것은 축복이다. 정말로 그곳으로 돌아가고 싶지 않아도 말이다.

—혹시 추가 채용 계획은 없나요?

나는 태호 형을 구하고 싶었다.

─생각보다 여러분이 도움이 안 돼서요. 예산도 부족하고.

그들은 내가 업무 시간에 졸고 있는 영상을 틀어줬다. 나는 헛기침을 하고 다시 자리로 돌아왔다. 아직 희망은 있다. 컴퓨터의 랜덤 추첨에서 태호 형이 뽑힐 가능성도 있으니까.

내 근무지는 식스센스라는 곳이다. 외관은 평범한 라운지 바처럼 생겼다. 1층은 레스토랑, 2층은 바, 3층은 루프탑, 지하에는 룸 형태의 행사장이 있다. 실제로 영업도 한다. 바텐더와 아르바이트생들은 아무것도 모르는 평범한 인간들이다. 이 건물의 실체를 알고 있는 것은 나뿐이다. 나는 매니저라는 직함으로 불린다.

식스센스의 실체는 우주선이다. 그들은 지구의 여섯 개 대륙에 소형 우주선을 한 대씩 배치해 놨다. 흩어진 우주선들은 일주일에 한 번씩 달에 있는 모선에 모인다.

처음 달에 왔을 때, 나는 그들에게 '고요의 바다'에 데려다 달라고 했다. 태호 형의 궁금증을 대신 해결해 주기 위해서였다. 분리수거 작업이 늦어져서 야근하는 날이면, 태호 형은 달을 올려다보면서 늘 이렇게 말했다.

─사진에서 보면 암스트롱이 고요의 바다에 성조기를 꽂잖아? 그거 아직 그대로 있을까?

태호 형은 대학생 때, 보현산 천문대에서 몇 번이나 달을 확인했는데, 성조기는 찾을 수 없었다고 했다.

─다시 가져오지 않았을까요?

나는 태호 형의 말을 흘려들으면서 커피 캔 안에 들어 있는 담배 꽁초를 털어냈다. 나는 멀쩡한 재떨이를 놔두고 음료수 캔의 좁은 입구에 담배꽁초를 쑤셔 넣는 인간들을 제일 혐오한다. 안에서 가래침이 묻어 나올 때는 저절로 욕이 나왔다.

—자기 땅이라고 깃발을 꽂는 거잖아. 그걸 다시 뽑아서 가져왔을까?

보름달이 뜬 날이면 태호 형의 달 이야기는 평소보다 몇 배는 더 길어졌다. 어쩌면 야근 수당을 더 받으려고 부러 게으름을 피웠는지도 모른다.

'고요의 바다'에 성조기 같은 것은 없었다. 꽂았던 자리가 어디인지도 찾을 수 없었다. 나는 태호 형을 생각하면서 가만히 지구를 내려다보았다.

달에서 내려다보는 지구는 특별할 거라고 생각했는데, 의외로 별거 없었다. 생각보다 잘 보이지도 않았고, 온갖 시에서 찬사를 하는 푸른빛도, 별다른 감흥이 없었다. 영화 같은 데서 많이 본 탓인지도 모른다. 아마 영화 장면이나 잡지에 실리는 지구 사진은 보정 작업을 많이 한 모습일 것이다. 이미지는 실제와 다르다. 우주에 나오기 전에도 알고 있던 사실이다.

암스트롱이 인류의 도약 어쩌고 한 것은 그냥 처음이라 뭘 잘 몰라서 한 말이었을 것이다. 달은 쓰레기 분리수거장의 공터랑 별로 다를 게 없다.

둘 다, 똑같이 삭막하다.

나는 한 달에 두 번만 달에 간다. 인류의 대부분을 죽이려는 그들이 나의 사내 복지를 걱정해서 그런 것은 아니고, 물리적인 문제다. 우주는 방사선으로 가득 차 있다. 더구나 달에는 대기가 없어서 지구의 100배가 넘는 방사선을 그대로 맞아야 한다. 그들은 우주 생활에 적응해서 상관없지만, 나한테는 달에 있는 것 자체가 위험한 일이다. 저중력 장해도 문제다. 지구 중력의 6분의 1인 달에 자주 가다 보면 근력이 약해지고, 골다공증도 생긴다. 나는 아버지가 먹는 종합비타민과 칼슘을 매일 두 알씩 챙겨 먹는다.

—회사 생활은 할 만해?

태호 형도 아버지도 같은 질문을 했다. 나는 그렇다고 대답했다. 5년이면 끝나는 일이고, 행성 밖으로 출장을 가야 하지만, 나쁘지 않은 직장이다.

'고요의 바다'에 다녀온 날, 나는 태호 형과 술을 마셨다. 태호 형이 식스센스로 왔다. 방금 달에서 착륙한 터라 직원은 아무도 없었다.

—네가 여기 매니저라고?

태호 형이 우주선 안을 구경하면서 물었다. 나는 천천히 고개를 끄덕였다. 몸이 아직 바뀐 중력에 적응이 안 돼서 멀미가 났다. 마땅히 만들 수 있는 게 없어서, 무작정 닭고기를 기름에 튀겼다. 의외로 맛있었다.

—형, 어쩌면 지구의 주인은 닭일지도 몰라요.

우주에 갔다가 돌아온 직후에 술을 마셨기 때문인지 나는 꽤 취했다.

―그래, 많이 먹어.

태호 형은 변함없는 모습으로 내 앞에 앉아 있었다.

―형, 만약에…… 목숨이 위험한데, 남자랑 결혼하면 살아날 수 있다면, 형은 결혼할 수 있어요?

내가 물었다.

―글쎄 막상 목숨이 위험하면 바뀔지 몰라도, 지금은 무리일 것 같은데? 같은 석유 화합물이라도 비닐이랑 플라스틱은 구분해야 하잖아.

태호 형이 대답했다. 태호 형한테 곧 인류가 끝장날 수도 있다고 말해주고 싶었지만, 비밀을 지키지 않으면 해고였다. 우선 선발된 아버지에게는 말을 해도 된다고 했다.

은퇴 후에 아버지는 여기저기 강과 바다를 돌며 낚시를 하면서 지냈다. 전화를 하니 강원도 어디쯤이라고 했다.

―회사 생활은 할 만해?

나는 아버지에게 지구가 위기에 빠졌고, 지구를 구하기 위해 곧 인류의 대부분이 죽임을 당할 상황이라는 것을 간략하게 설명했다.

―그렇구나.

생각보다 반응이 없었다. 어쩌면 내 말을 헛소리라고 생각하는 것인지도 몰랐다. 나는 이어서 천만 명의 사람들만 선별해서 살려

둘 계획인데 나와 아버지는 우선 선발되었다는 것을 설명했다.

―그렇구나. 애썼다.

수화기 너머로 낚싯대의 릴 감는 소리가 들렸다.

―그런데 말이다. 외계인이 와서 인류를 천만 명만 남기고 다 죽이면 내 연금은 어떻게 되는 거냐?

―연금도 다 날아가는 거죠.

―그럼 정말 큰일 아니냐? 빨리 연금공단에 가봐야겠구나. 일단 끊어라.

경찰이 되기 전에 아버지는 지방대학에서 심리학을 가르치는 시간강사였다. 지도교수한테 밉보인 탓에 교수가 될 수 없다는 걸 깨달은 아버지는 경찰에서 모집하는 국비 유학생에 지원해 영국으로 가서 범죄심리학을 배우고 돌아왔다.

수원지방경찰청 위기 협상팀.

이름도 거창한 아버지의 근무지는 테러, 인질극, 유괴 등의 사건이 생겼을 때, 범인과 교섭을 하기 위해 만들어졌다. 하지만, 아쉽게도 아버지가 재직한 23년 동안, 아버지의 관할 구역에서는 이렇다 할 사건이 없었다.

아버지가 주로 한 일은 애인과 헤어졌거나, 임금을 체불 당해 건물 옥상에 올라가 뛰어내리겠다고 소란을 피우는 사람들을 설득하는 것이었다. 아버지는 단 한 건의 예외도 없이 모든 사람을 설득해서 지상으로 데리고 내려왔다.

―아래를 내려다보면서 겁먹은 표정을 지으면 돼. 그리고 이렇

게 말하는 거야. 떨어지면 엄청나게 아파요.

내가 요령을 묻자 아버지는 그렇게 대답했다. 사실 경찰이 올 때까지 뛰어내리지 않고 기다리는 사람들은, 정말로 뛰어내릴 생각인 게 아니라, 단지 자기 얘기를 들어주길 바라는 것뿐이다. 아버지는 누가 봐도 얘기를 잘 들어줄 것 같은 아주 큰 귀를 가지고 있다. 유전에 의해 나도 그렇다.

추락은 중력에 의해 발생한다. 중력은 세계를 좁히는 힘이다. 달에 가보니 확실하게 알 것 같다. 그들의 행성은 지구보다 중력이 열 배쯤 강하다.

세 번째 메시지를 받은 것은 중국 공산당의 간부들이다. 중국 공산당의 국가 간부는 4113만 명이다. 1110만 명의 퇴직 간부를 제외해도 3천만 명이 넘는다. 나는 지방의 간부들은 제외하고 당 중앙조직부에 소속된 4200명에게만 메시지를 보낼 것을 건의했지만, 단번에 묵살됐다. 그들은 중국의 집단지도체제를 나와는 전혀 다른 방식으로 이해하고 있었다.

메시지를 받을 사람이 많아 메신저도 여러 명을 골랐다. 토의 끝에 저우언라이[周恩來], 제갈량, 루쉰, 공자가 선택되었다. 네 명 모두 중국인들에게 두루 존경과 사랑을 받는 인물들이다. 메시지의 의미는 같으면서도 각자의 특성에 맞게 문구를 달리하는 게 문제였다. 하지만, 나는 책으로 여섯 권이나 되는 분량의 자기소개서를 쓴 덕에 같은 말을 다르게 바꿔서 쓸 수 있었다. 그건 내

전문분야였다.

―핵무기를 없애 중국을 하나로, 세계를 하나로.

이미 미국의 소식을 들었기 때문인지, 효과가 즉각적으로 나타난다. 몇 번의 투표와 회의 끝에, 중국 공산당은 공식적으로 비핵화를 추진하기로 한다. 미국 대통령과 중국 국가 주석이 여섯 번이나 회담을 했고, 긴급 유엔총회도 세 번 열렸다.

그들은 틈을 주지 않고, 계속해서 네 번째, 다섯 번째, 여섯 번째 메시지를 보낸다. 러시아, 프랑스, 영국 순서였고, 북한과 인도에도 보냈다. 그리고 핵보유국이 아니었지만, 그들이 파악한 비공식적 핵무기를 가진 여섯 개 나라도 포함시킨다. 때마침 본성의 지원 인력과 우주선들이 도착해서 더욱 대대적으로 손쉽게 정신간섭 작업이 이뤄질 수 있었다. 1년도 안 돼 전 인류의 절반 정도가 그들의 메시지를 받는다.

―너무 순조롭게 진행되니 걱정인데요?

내가 말한다.

―주어진 전제에 따라 자연스럽게 도출되는 결과일 뿐이에요.

그들은 그렇게 말하면서 그리니치 천문대의 일출과 일몰 영상을 틀어준다. 우리보다 오래된 문명이니 당연한 일인지는 몰라도, 그들은 언제나 선생님처럼 말한다. 그들은 합리적이고, 논리적이다. 그들과 대화를 하면 교과서를 읽는 기분이 든다.

언젠가 그들은 내게 자신들의 행성 영상을 보여줬다. 우주 지도에서 행성의 위치도 알려줬다. 지구에서는 어떤 수단으로도 관측

할 수 없는 행성이었다. 행성 이름도 말해줬는데, 인류의 발성 기관으로는 도무지 발음할 수 없는 이름이었다. 내가 무슨 소리를 들은 건지도 알 수 없었다.

행성의 최초 발견자는 이름을 지을 권리를 가진다. 나는 인간 중에 처음으로 그들의 행성을 발견해서, 그들의 행성에 이름을 붙인다.

— 행성 EBS.

유익하지만 재미는 없는 그런 행성일 것이다.

마지막 메시지는 핵무기와 핵물질의 폐기 방법에 관한 거였다. 인류에게 맡겨두면 완전히 폐기하는 데 20년이 걸릴지, 30년이 걸릴지 알 수 없는 노릇이다. 하지만, 그들의 함대는 이미 출발했고, 2년 후에 우리 태양계에 진입할 예정이다.

그들은 각 대양에 여섯 개의 궤도 엘리베이터를 만든다. 엘리베이터의 끝은 지원팀이 가져온 우주선들과 연결되어 있다. 설치 과정에서 인공위성 13개가 부서졌고, 브라질과 아르헨티나의 티브이 수신에 문제가 생겼다. 그들은 인류가 눈치채지 못하도록 궤도 엘리베이터 주변에 에너지 장막을 친다. 멀리서 보면 커다란 빛의 기둥이 세워진 것처럼 보인다.

인류는 각자 자신의 국가, 문화, 종교에 따라 기둥에 이름을 붙인다. 확인된 것만 1,200개의 이름이 돌아다닌다. 나도 하나 추가한다. 내가 붙인 기둥의 이름은 '다이너마이트'다.

모든 계획이 순조로운 데다 지원팀의 도착으로 내가 할 일이

거의 없어지자, 그들은 내게 장기 휴가를 준다.

—당연히, 유급 휴가겠죠?

나는 인류보다 중요한 질문을 한다.

—여러분이 원하는 대로 될 겁니다.

그들이 대답한다.

휴가를 받은 나는 다이너마이트를 터트리듯이 돈을 펑펑 쓰고 다닌다. 어차피 곧 아무 의미도 없어질 테니까. 생전 먹어본 적도 없는 음식을 사 먹고, 호텔 스위트룸에 가서 잠을 자고, 명품 양복도 한 벌 맞춘다. 사실 차를 사고 싶었는데, 그러기에는 돈이 부족했다. 그들의 회사는 외국계 기업의 페이퍼컴퍼니라 나는 신용카드도 만들 수 없고, 대출을 받는 것도 힘들다. 대신 여행을 다녔다. 아버지를 따라 낚시도 갈 생각이었는데, 아버지는 연금공단을 찾아가 소란을 피우다가 유치장 신세를 진 이후로 더 이상 낚시를 하지 않는다.

내가 놀고 있는 사이에도 다이너마이트로 전 세계의 핵무기와 핵물질이 하나씩 운반되고 있었다. 그들한테는 아무 연락이 없었지만, 인류의 미디어에서도 충분한 정보를 접할 수 있었다. 마지막 핵무기가 도착하고 각국의 정상들이 모여 인류의 완전한 비핵화를 선포한 날은 공교롭게도 내 생일이다.

—축하해.

태호 형한테 문자가 온다.

다음 날, 내 유급 휴가가 끝났다.

인류의 괴멸 이후의 상황을 준비하는 게 나의 다음 업무다. 우선 천만 명의 인류가 제한적으로 살게 될 장소를 선정한다. 나는 살던 곳이 편해서 우리나라를 강력히 추천했는데, 이동을 제한하려면 아무래도 섬이 좋을 것 같다는 의견에 밀려서, 일본으로 결정된다.

— 거긴 지진 자주 나는데.

그들은 내 말을 들은 척도 안 하고 다음으로 넘어간다. 과학기술의 제한, 인구의 제한, 에너지의 제한, 섭식의 제한……. 계획이 구체화할수록 그런 곳에서 살아갈 수 있을지 걱정이 된다. 그냥 함께 멸망하는 것이 나을지도 모른다.

마침내, 함대가 온다. 그들은 달에 전초기지를 세우고, 공격 준비를 한다. 그들의 스텔스 기술은 완벽해서 인류는 모든 준비가 끝날 때까지 전혀 눈치채지 못한다.

출격하기 전에 그들은 각국의 정상들에게 불필요하게 지구를 파괴하고 싶지 않으니, 그냥 항복하라는 내용의 선전포고문을 보낸다.

두 시간 후에, 그들의 함대는 달과 지구 중간쯤의 위치에서 스물여섯 발의 핵미사일을 맞고 전멸한다. 종의 멸망이 걸려 있고, 초월적 존재가 경고했음에도 핵무기를 갖고 있던 나라들은 완전히 폐기하지 않고 몇 발씩 숨겨두고 있었다. 그들이 핵보유국으로 분류하지 않은 나라에서도 두 발의 핵미사일이 날아왔다.

거대한 폭발을 보면서 나는 어쩐지 허무한 기분이 들었다. 그들은 인사 대신 마지막 영상을 남겼다.

—우린 답을 찾을 것이다. 늘 그랬듯이.

재생시켜 보니 〈인터스텔라〉의 마지막 장면이었다.

—여러분도 답을 찾을 거예요.

나는 달을 보면서 그들에게 마지막 인사를 한다.

약간 후회가 된다. 결국 내게 남은 것은 양복 한 벌뿐이다. 요즘 나는 다시 이력서와 자기소개서를 쓴다. 분리수거 아르바이트도 다시 시작했다. 외계인이 침략했다는 사실에 세상이 난리가 났지만, 쓰레기의 양은 전혀 줄어들지 않았다. 태호 형은 여전히 같은 자리에서 쓰레기를 분류한다.

—형, 아직도 우주에 가고 싶어요?

내가 묻는다.

—이제 더 간절해졌어.

태호 형이 대답한다. 확실히 전보다 더 자주 하늘을 올려다보는 것 같다. 언젠가 태호 형이 이야기해줬는데, 소련의 우주 비행사가 이런 말을 했다고 한다.

—지구는 인류의 요람이다. 하지만, 요람에서 평생을 보내는 사람은 없다.

그러니 우주로 가자는 취지의 말이었을 것이다. 하지만, 내가 보기에 인류에게는 아직 요람이 필요하다. 손에 총을 들고 있어도 우리는 아직 어린아이니까.

—형, 근데 그거 알아요? 여기도 우주예요. 지구도, 쓰레기장도.

우주는 평등하다.

누구에게나 평등하게 무자비하다.

올해 초에 군자역 근처에 작업실을 얻었다. 합판과 유리로 벽을 세워서 한쪽은 회의나 강의를 할 수 있는 공간으로, 다른 한쪽은 글을 쓰는 공간으로 만들었다. 방음은 거의 안 된다.

작업실은 집에서 15분 정도 걸린다. 가깝지만 낯선 곳이다. 살면서 군자역에 내려 본 게 올해가 처음이니까.

얼마 전에 지하철을 타려고 걸어가고 있는데, 어떤 아주머니가 내 어깨를 툭툭 쳤다.

―천당에 가려면 어디로 가야 해요?

아주머니가 물었다.

나는 이어버드를 빼고 그녀를 잠시 쳐다봤다.

―교회나 성당에 가셔야……

내가 말했다.

―아뇨. 청담이요. 청담.

나는 지하철 어플로 방향을 찾아 알려줬다.

7호선에 청담역이 있다는 것을 알게 됐다. 아직도 모르는 것이 많다. 어제는 작업실에서 걸어서 어린이대공원에 갈 수 있다는 사실을 알았다.

꼭 그것 때문은 아니지만, 어린이대공원이 배경으로 나오는 소설을 한 편 쓰고 있다.

이갑수

노트르담의 변주곡
차소희

Requiem

열린 테라스 창문으로 바람이 밀려들어 왔다. 마치 갓 세탁한 이불처럼 서그럭거리는 바람은 침대에 우두커니 앉아 있던 에스메랄다의 귓가로 다가왔다. 봄을 속삭인다. 바깥으로 나들이를 가보는 건 어때? 지금이면 꽃이 지천이야. 풀 내음은 또 어떻고? 이렇게 뚱하니 앉아 있지 말고 나가보자.

에스메랄다는 눈으로 좇을 수 없는 바람의 흐름을 이리저리 찾아보다, 천천히 시선을 떨어뜨렸다. 낙마한 시선의 끝은 붕대가 감겨 있는 손가락의 끝.

손에 힘을 주어 본다. 하지만 절단된 신경은 그 신호를 전달하지 못했다. 짜릿한 통증이 손등을 타고 올라온다. 뼈 마디마디가 욱신거린다. 관절이 우울했다.

다시금 바람이 불어온다. 바깥 향기를 싣고 온 바람은 에스메랄다의 눈과 코를 도리 없이 간지럽혔다.

세상은 이제 막 시간의 개화를 시작하고 있었다. 겨우내 웅크리고 있던 씨앗들은 발아하기 시작했고, 동면했던 동물들은 서서히 몸을 일으켜 풀밭을 오가고 있었다. 지천으로 깔린 죽음의 기운이 생명의 바람에 의해 사그라지고 있다.

사람들은 봄이 한 해의 시작이요 인생의 시작이요 모든 것의 시작이라 말을 한다. 하니 새 마음 새 뜻을 품고 새 인생을 살아야 하노라고 충고하곤 했다. 이런 강압적 태도는 에스메랄다에게도 마찬가지였다.

네 손이 그렇게 된 것은 참 안타까워, 네 애인이 너를 떠난 것은 참 슬픈 일이야. 하지만 어쩌겠니, 에스메랄다. 이제 너는 새로운 시작을 해야 할 때가 온 것이란다.

에스메랄다는 불현듯 몸을 일으켰다. 삐거덕거리는 관절을 움직여 테라스로 걸어간다.

높은 곳을 좋아하는 에스메랄다. 매일 밤이 되면 하루의 마무리 의식 중 하나로 이곳에 앉아 일기를 쓰곤 했었지. 노트르담 거리가 한눈에 보이는 바로 이곳에서.

마지막으로 바람이 불어왔다. 에스메랄다의 붉은 머리가 태양의 섬광처럼 사방으로 퍼져나갔다. 이번에는 향기가 있는 바람이 아니다. 포근함이 있는 것도 아니다. 그저 강압적일 뿐이다. 물러서, 이곳으로 오지 마, 뒤로 가.

에스메랄다는 난간을 붙잡았다. 저 멀리 노을이 담긴 수평선이 그녀의 붉은 눈에 들어왔다. 타오르고 있는 노을, 하지만 그 빛은 영원하지 않다. 밀려오는 밤에 의해 산화되어 끝끝내 몸을 죽이겠지. 사라지겠지.

에스메랄다의 시선은 천천히 거두어져 저녁 식사를 준비하고 있는 가정집들, 아직도 거리를 뛰놀고 있는 아이들, 큰길을 지나가는 마차들, 구호에 맞춰 움직이고 있는 근위병들, 그리고 바이올린을 켜며 노래를 부르고 있는 시인들까지 담게 되었다. 모두가 다 붉은색이었다. 노을의 빛을 담은, 붉은색.

도시의 살결을 보여줄 수 있는 가장 명확한 지표가 바로 노을이라 하던데, 그 말이 맞는구나. 에스메랄다는 목 끝까지 차올랐던 마음이 가라앉는 것을 느끼며 중얼거렸다.

평화로운 풍경이었다. 모두가 아픔이라고는 알지 못할 것처럼, 인생에 있어 희극만이 존재할 것처럼 그렇게도 부드러운 시간이었다.

에스메랄다는 까치발을 들어 올렸다. 떼어진 뒤꿈치에 바람이 스며든다. 제발 그만둬, 무슨 짓을 하려는 거야? 바람은 그녀의 발목을 붙잡았다.

"……무슨 짓을 하겠어."

G단조의 그것처럼 서럽고 슬프기만 한 목소리다. 에스메랄다는 뒤를 돌아 난간에 허리를 기댄 채 방 안을 훑어보았다. 그 누구도 존재하지 않지만 마치 존재하는 것처럼 느껴졌다. 저 의자에서 그대와, 저 책상 앞에서 그대와, 저 피아노 앞에서 그대와, 저 거울 앞에서 그대와 어디에서든 그대와 모든 곳에서 그대와.

어디를 가도 그대가 있고 그대가 존재한다.

하지만 그대는 더 이상 나의 곁에 존재하지 않는다.

나의 존재 이유는 그대인데, 이제 그대는 그대만의 세상으로 떠나버렸다.

하면,

나의 세상은 어디에 있는가.

'당신과 저는 같은 오선지에 새겨진 자리표입니다.'

발을 들어 올리며 무게중심을 뒤로, 등으로 보낸다. 그녀의 몸이 붕 떠올랐다.

'높낮이가 달라 서로 만나지 못해요.'

아첼레란도(accelerando), 마 논 트로포(ma non troppo), 볼란테(volante)!

점점 빠르게, 그러나 서두르지 않고, 날아가듯 가볍게.

그녀는 지상으로 떨어졌다.

안녕, 나의 콰지모도.

Innocente

그때의 나는 귀족 가문의 철없는 소녀였다.

바흐의 아리아가 들려오는 어느 날 아침이었다.

나는 눈을 뜨자마자 시중드는 시녀들에게로 몸을 맡겼다. 그들은 언제나 그렇듯 내 몸을 갓난아기의 살결처럼 대하며 부드러운 천으로 조심스럽게 닦았다. 머리를 빗겨주는 손길 역시 비슷했다. 그들은 혹시라도 내 두피가 당겨질까 염려하며 엉킨 곱슬머리를 풀었다.

"오늘은 어떤 드레스를 입으시겠어요?"

나는 시녀가 밀고 온 행거를 보며 가볍게 고개를 갸웃했다. 행거에는 수십 벌의 드레스가 걸려 있다. 한 벌당 수천 프랑을 호가하는 드레스이지만 모두 이번 시즌에 맞춰 새로 구매한 것들이다.

감탄 어린 시선으로 행거를 보고 있는 시녀들을 뒤로하고, 나는 흰색 드레스를 골랐다. 그리고 분주하게 움직이는 그들 틈에서 눈을 감았다. 이제 화장을 하고 옷을 입어야 했으니까.

내 아버지는 제국의 유일한 대공으로, 나는 그런 대공의 하나뿐인 자식이다. 그러므로 당연히 제국 제일가는 대접을 받았다. 왕권이 약화된 지금, 공주보다 더한 권력을 쥐고 있는 게 바로 나였다.

어느 곳을 가도 나는 최고였고 최우선이었다. 나는 이런 나 자신에게 끝없는 자부심을 느꼈고, 이런 나를 만들어 준 아버지에게 변함없는 사랑을 바쳤다.

곱게 단장한 나는 아버지께 아침 인사를 드리기 위해 방을 나왔다.

창밖으로 저택 앞에서 시위를 하고 있는 이들이 보였다. 남루한 행색의 그들은 피켓을 들고 고래고래 소리를 지르고 있었다. 듣기로는 아버지의 일터에서 일이 생겼다고 하는데, 아무리 그렇다고 해도 저렇게 교양 없이 굴어서야……. 짧게 혀를 찼다.

적어도 뭔가를 주장하기 위해서라면 신사답고 예의 바르게 해야 하는 게 아닐까. 차림이라도 단정하게 하고 와야지, 저게 무슨 꼴이람.

그때까지만 해도 차별이라는 단어 자체를 알지 못했던 나는 그렇게 생각했다. 저들이 무뢰한인 줄로만 알았다. 그래서 나는 뒤따라오는 시녀에게 말했다.

"창문을 닫으렴."

그리고 코를 틀어막았다.

"냄새가 들어오는 것 같아."

꿉꿉한 냄새가 바람을 타고 들어왔다. 확신하긴 어렵지만, 저들에게서 풍기는 냄새처럼 느껴졌다. 역시 아랫것들은 안 된다니까. 나는 중얼거리며 걸음을 재촉했다.

"에스메랄다! 왔구나. 들어오렴."

이른 아침이지만 역시나 깔끔한 차림을 고수하고 있는 아버지는 나를 반갑게 맞이했다.

"역시 내 딸, 오늘도 어여쁘구나. 참으로 아름다워."

"감사해요."

매번 듣는 말이지만 묘하게 부끄러워 나는 뺨을 붉혔다. 그리고 아버지가 안내한 티테이블 의자에 몸을 앉혔다.

"오늘은 로즈메리란다. 심신 안정에 좋지."

"봄에 잘 어울리는 차네요."

찻잔에 찻물이 담겼다. 소용돌이치며 잔잔하게 가라앉는 찻물을 고요히 바라보던 나는, 돌연 입을 열었다.

"오는 길이 시끄럽더라고요."

원래 같으면 하지 않았을 말이다. 하지만 나도 모르게 말이 먼저 나왔다. 아마도 오는 길에 맡았던 찝찝하고 더러운 냄새 때문일 거라고, 나는 생각했다.

"신경 쓸 것 없다."

"무슨 일이 있었던 건데요?"

"신경 쓸 것 없대도."

아버지는 인상을 찌푸리며 대꾸하다, 이내 하나뿐인 딸에게 잠깐이나마 성질을 낸 게 마음에 걸렸던지 다시 온화한 표정을 지으며 말을 이었다.

"몇이 죽은 것뿐이야."

키우던 개가 죽어도 저런 얼굴을 할까. 아닐 것 같다. 아버지의 심드렁한 얼굴을 보며 확신했다.

"대충 무시하면 잠잠해질 것이다. 어차피 생계를 위해서라면 개똥도 핥으며 돈을 받을 놈들이니까."

험한 언사였지만 나름대로 일리가 있는 말이었기에 나는 까르르 웃음을 터뜨렸다. 아버지도 자신의 농담이 먹힌 게 기분이 좋은 양 너털웃음을 터뜨렸다.

"그래서, 오늘은 어디를 갈 생각이냐?"

"마담 리젠의 숍을 가 볼 생각이에요. 이번에 괜찮은 드레스가 많이 들어왔다고 해서요."

"그래, 가서 네게 어울리는 것들을 사 오려무나. 물론 그러려면 그곳의 모든 걸 사 와야 할 테지만!"

아버지는 또다시 농담을 던지며 웃음을 터뜨렸다. 그래서 나도 재차 까르르 배를 잡고 웃었다.

이곳은 천국이었다. 맛있는 차와 감미로운 음악, 사랑하는 아버지와 나를 돌보아 주는 시녀들. 이 틈에서 나는 영원한 안식을 누리고 있었다. 이곳에서 벗어나리라곤 조금도 생각해 본 적 없었다.

숍을 가는 길은 꽤 험난했다. 일단 대문을 벗어나는 것부터가 고역이었는데, 아까 보았던 시위대가 모여 있기 때문이었다. 그들은 내가 타고 있는 마차를 향해 하나같이 야유했다.

대체 저들은 왜 저러는 걸까? 아버지가 직접 사람을 죽인 것도 아닌데 말이야. 나는 곱디고운 드레스 자락을 꽉 움켜쥐며 고개를 떨어뜨렸다. 그들의 아유 소리를 듣고 있자니 괜스레 양 귓불이 붉어졌다. 아까 전 아버지와 까르르 웃음을 터뜨렸던 나 자신에 대한 묘한 죄책감이 귓불을 뜨겁게 달궜다.

내가 잘못한 것도 아닌데, 내 잘못이 아닌데. 나는 중얼거리며 마부가 빨리 이곳을 벗어나기만을 바랐다.

시내 중앙으로 나오니 시위대는 사라졌다. 마차는 속도를 높였고, 나는 그제야 숨통이 트여 떨어뜨렸던 고개를 들어 올리고 허리를 세웠다.

내 이런 꼴을 아무도 보지 못했다는 게 천만다행이었다. 만약 시녀라도 동승하고 있었다면 큰 흉이 되었으리라. 하지만 다행히도 시녀는 마부석에 앉았고, 이 넓은 마차에는 나밖에 없었다. 그래서 나는 코르셋 지퍼를 조금 내리며 숨을 몰아쉬었다.

아버지의 말에 따르면 저들은 불합리한 점에 대해 항의하고 있는 것이었다. 하지만 그렇다고 하기엔 너무 많은 수가 몰려왔고, 또 모두가 하나같이 억울함을 얼굴 가득 담고 있었다. 그래서 더 이해가 안 됐다.

아버지가 내게 거짓말을 할 리 없으니 저들이 거짓으로 억울함을 꾸며냈다는 것인데, 대체 왜?

혹시 보상금을 바라는 것일까?

그렇다면 정말 못된 이들이다. 어떻게 그런 몰상식한 행동을 할 수 있단 말인가!

듣기론 지방에서 혁명군이 모이고 있다고 했다. 그들도 예의를 모르고 더 많이 가지기 위해 외치는 이들이라고 했다. 그들과 같은 종족인 것 같다고, 역시 아랫것들은 어쩔 수 없다고, 나는 생각하며 얼굴에 올라온 열을 식혔다.

코르셋의 지퍼를 조금 더 내렸다. 그리고 창밖으로 보이는 어수선한 거리의 풍경을 바라보며 천천히 심호흡을 했다.

이러니 조금 숨통이 트였다. 여유가 생겨 주변을 돌아볼 만큼의 시야가 트였다. 몸에 잔뜩 들어섰던 긴장을 풀며 등받이에 몸을 기댔다. 그 순간, 감미로운 음악 소리가 귓가를 파고들었다.

쇼팽의 즉흥곡, 4번이었다.

c# 단조의 화려한 전주가 극적인 음률 라인을 따라 흘렀다. 오른손과 왼손의 격렬한 움직임이 짜릿하게 고막을 파고들었다. 적절히 조였다가 풀기를 반복하며 긴장감을 고조시킨다. 그리고 곧바로 이어지는 칸타빌레의 선율! 조금 전까지의 격렬했던 연주는 다른 사람이었다는 양 물이 흐르듯 낭만적인 멜로디가 풍부하게 펼쳐졌다.

"당장 멈춰!"

창문 밖으로 고개를 내밀어 마부에게 소리쳤다. 마부는 놀라 고삐를 잡아당겼고, 덕분에 내 몸은 앞으로 쏟아졌지만 난 개의치 않았다. 문을 벌컥 열었다.

하지만 바닥에 물웅덩이가 가득 차 있었다. 이대로 발을 디뎠다간 구두가 더러워지리라.

나의 난처함을 눈치챘는지, 마부가 허겁지겁 달려와 무릎을 꿇었다.

"밟으십시오, 아가씨."

그가 내준 등을 밟고 시녀가 건넨 손을 잡아 무사히 단단한 땅에 발을 디뎠다. 나는 주머니에서 은화 한 개를 꺼내 마부의 손에 쥐어준 후 아직도 멜로디가 들려오는 가게를 향해 들어갔다.

'식스센스?'

처음 보는 가게였다. 아니, 애초에 내가 이런 평민들이 있는 거리에 온 것 자체가 처음이었다. 돌아갈까 생각이 들었지만 방금 들었던 멜로디가 귓가에서 떠나지 않았다. 지금도 보아라, 쇼팽의 '화려한 대왈츠'가 울려 퍼지고 있지 않은가.

조금 전까지 들려주던 애수인 선율은 어디로 갔는지, 밝고 경쾌한 음률이 울렸다. 쾌활한 멜로디가 거리를 가득 채웠다.

"아가씨, 여긴 조금 위험한 곳이에요."

시녀가 나를 말렸다.

하지만 이미 이 연주에 흠뻑 빠진 나는 그녀의 말을 들을 수 없었다. 나는 홀린 듯 가게 안으로 들어갔다.

가게는 바깥에서 보는 것보다 규모가 있었다. 아직 영업을 시작하기 전인 듯 사람들이 드문드문 있어 그나마 다행이었다. 나를 보고 놀라는 지배인을 뒤로하고, 나는 피아노 쪽을 향해 걸어갔다. 등을 돌리고 앉아 있는 연주자가 보였다.

다음 곡은 희한하게도 베토벤의 '월광 소나타'였다. 환상곡풍의 소나타(sonata quasi unafantasia)라는 부제처럼 소나타에 환상곡의 형식을 넣은 곡이다. 새로운 시도. 그렇기에 남자는 마치 방금 쇼팽의 경쾌함을 연주했던 건 진심이 아니었다는 양 심열을 다 해 페달을 밟았다. 그의 새하얀 손가락이 아다지오의 섬세함을 더듬었다.

멈춰진 세상 속, 미묘한 격렬함이 숨어 있는 멜로디만이 내 귀를 쓰다듬었다. 누군가가 내 옆에서 시를 읊어주는 듯한 느낌이었다. 그것도 사랑을 노래하는 시를.

심장이 쿵 떨어지는 느낌이 들었다. 숨이 잘 쉬어지지 않았다.

연주회에서 영애들이 숨이 막혀 쓰러지는 경우가 종종 있다고 하던데, 내가 딱 그 꼴이 된 것 같았다. 그래서 코르셋의 지퍼를 내리길 잘했다는 생각이 들었다. 나는 연주가 끝나기만을 초조하게 기다렸다. 남자의 널찍한 등을 바라보며 마지막 건반이 눌리기만을 기다렸다.

마지막 음을 끝으로 남자의 손이 건반을 떠났다. 그의 발도 페달에서 천천히 떨어졌다. 나는 서둘러 그에게 다가갔다.

"안녕?"

남자는 나의 존재를 눈치채고 있었다는 듯 별로 놀라지 않은 채 고개를 돌렸다. 평민답지 않은 새하얀 얼굴과 길쭉한 두 눈, 높이 솟은 콧대가 보였다. 차림이 마음에 들지 않았지만, 이 정도면 괜찮았다. 충분했다.

언젠가 로맨스 소설에서 읽은 적이 있다. 첫눈에 반한 사랑, 그 어떤 반대에도 함께하는 그들, 마지막으로 맞이하는 해피엔딩까지. 나는 언제나 그런 소설 속 주인공이 되기를 동경해 왔다. 오늘의 만남은 내 소원을 이루어주는 계기가 될 수도 있었다.

"내가 널 후원해 줄게."

따라온 시녀는 서둘러 남자의 귀에 나의 가문에 대해 속삭였다.

"너는 재능이 있는 사람이니까. 내 후원을 받으면 궁중 악사까지 올라갈 수 있을 거야."

남자의 얼굴에 얼핏 희망의 빛이 담겼다. 당연히 그럴 테지. 내 가문의 후원을 받으면 이깟 허름한 가게에서 연주하는 것보다 몇 배, 아니 수십 배는 더 벌어들일 수 있을 테니까.

나는 으스대는 얼굴로 남자를 내려다보았다.

그의 부르튼 입술이 천천히 열렸다.

"거절합니다."

Lamentoso

세상에서 가장 싫은 부류를 묻는다면 귀족 집안의 영애들이야.

식스센스 바의 피아니스트, 에릭은 언제나 그렇게 말하곤 했다.

그는 자신의 연주를 보고 반해 찾아오는 영애들을 수없이 만났었다. 저가 고백하는 순간에도 콧대를 세우고 으스대는 꼴 하고는! 잘난 것이라고는 집안 하나밖에 없는 멍청한 것들 주제에. 에릭은 치를 떨며 그들을 싫어했다.

이렇듯 괴팍한 성격의 그였지만 피아노 연주 실력만큼은 최고였다.

오늘의 첫 곡은 라흐마니노프의 피아노 협주곡 2번. 그가 아침부터 지니고 있던 우울감을 드러내기에 최적의 곡이다.

우울의 밤에서 시작되는 악장은 찾아온 아침에 의해 조금씩 사그라든다. 하지만 어둠의 장막은 쉬이 걷히지 않는다. 힘겹게 나아가는 멜로디에 열기가 더해진다. 애틋하지만 화려한 끈질긴 연주는 절정에 다다라 어둠을 물리친다!

쾅!

에릭은 마지막 건반을 누른 후 양손을 활짝 펼쳤다. 이번에도 역시나 흠잡을 곳 없는 완벽한 연주다. 에릭은 스스로에게 자부심을 느끼며 페달에서 발을 떼어냈다.

"이 정도 실력이면 제안을 많이 받았을 텐데."

뿌듯한 표정을 짓고 있던 에릭의 얼굴이 와장창 구겨졌다. 그는 또다시 찾아온 에스메랄다를 향해 거칠게 몸을 돌렸다.

"정말 생각이 없는 거야?"

에스메랄다는 특유의 순진무구한 표정을 하고 있었다. 고난이라고는 조금도 모를 것 같은 새하얀 얼굴. 에릭은 저 얼굴이 마음에 들지 않았다. 조각조각 금이 나 있는 걸 한 번쯤은 보고 싶다는 원초적인 욕망이 불쑥 고개를 들었다. 그는 빠르게 고개를 저었다.

"싫다고 말씀드렸습니다."

"그럼 나를 가르쳐줘."

에스메랄다는 기다렸다는 듯 말했다.

"나 말이야, 피아노를 배워보고 싶었거든. 진심이야."

에릭은 더욱 인상을 구겼다. 나는 예술가다. 귀족 집안의 영애를 하나부터 열까지 가르쳐주는 샌님 선생이 아니란 말이다. 에릭의 입이 열렸다. 거절의 말이 혀끝까지 달려 나왔다.

"너, 알아보니까 굉장히 가난하던데."

그런 에릭의 목소리를 멈추게 한 건 에스메랄다의 웃음이었다. 가난이 뭔지도 모르면서 입에 담고 있는 그녀는 까르르 웃으며 에릭에게로 다가왔다.

"지금 집세도 내지 못해서 쫓겨나기 직전이라며?"

"제 뒷조사를 하신 겁니까?"

"인재를 영업하기 위해서는 그래야지. 아버지가 가르쳐주셨거든."

그녀의 아비, 대공은 악독하기로 유명한 자였다. 공장의 실수로 불에 타 죽은 이가 있어도 땡전 한 푼 내어주지 않는다고. 그래서 시위가 매일매일 일어나고 있지만 눈 하나 깜빡하지 않는다고.

눈앞의 이 여자도 그의 딸이니만큼 비슷해 보였다. 그래, 그 시위대를 뚫고 여기까지 왔는데도 얼굴에 금 하나 가 있지 않은 여자.

더욱 정이 떨어졌다.

하지만.

"착수금이야."

에릭은 제 발치에 던져진 주머니에서 흘러나온 금화를 보며 꿀꺽 침을 삼켰다.

"정말 싫어?"

에릭은 대공의 저택의 앞에 서 있다.

엄청난 위용을 자랑하는 저택이 에릭에게 말을 건네는 듯했다. 이곳은 네가 올 곳이 아니란다, 하고.

에릭은 머리를 헝클며 숨을 크게 들이쉬었다. 돈 때문에 이곳까지 온 그이다. 에스메랄다의 말처럼 그는 집세를 낼 돈이 없을 만큼 가난한 예술가였으니까.

술을 자제했다면 괜찮았을까, 싶었지만 예술가에게 있어 술은 묘약과도 다름없는 것이었다. 술을 마셔야만 악보가 떠오르고 악장의 연주법이 몸에 뱄으니까.

젠장할. 가볍게 욕설을 읊은 그는 저택 안으로 발을 디뎠다. 그런 그를 막아선 건 문지기였다.

"이곳은 네 녀석이 함부로 들어올 곳이 아니다."

문지기가 내민 날카로운 창이 햇살을 받아 번뜩였다. 에릭은 조금 주눅 든 목소리로 대답했다.

"초대를 받았습니다."

"네가?"

문지기의 시선이 에릭의 발끝에서부터 머리까지 향했다. 그러며 픽 웃는다. 말도 안 되는 소리를 한다는 뜻 같았다. 에릭의 얼굴이 새빨갛게 붉어졌다.

"아가씨의 초대를 받았습니다. 여기, 초대장이 있습니다."

"이런 것쯤이야 얼마든지 위조할 수 있지. 안 된다. 돌아가라."

"하지만."

"안 된대도."

에릭은 질끈 입술을 깨물었다. 초대장이 있음에도 불구하고 거절당한 저. 이는 분명 차림 때문일 것이리라. 그는 낡아 빠진 소매를 움켜쥐며 발끝을 틀었다.

이때였다.

"왜 내 손님을 함부로 내보내지?"

카랑카랑한 목소리가 들려왔다. 에스메랄다였다.

걸어오는 그녀는 평소보다 더 풍성한 드레스를 입고 있었다. 햇볕을 받은 시푸른 드레스는 그녀의 하얀 살결을 더 돋보이게 했고, 틀어 올린 금발 머리는 정갈하기 짝이 없었다. 그래! 그래서 그녀가 빛나 보였다. 햇빛 때문이 아니다. 그녀 자체에서 빛이 나는 것이다. 그래서 에릭은 저도 모르게 손으로 빛을 가리며 미간을 좁혔다.

"내가 초대한 이야."

"하지만, 아가씨."

문지기는 속삭이듯 작은 목소리로, 하지만 모두가 들을 수 있을 정도의 정확한 발음으로 말했다.

"신분도 모르는 이런 자를 함부로 들여보낼 수 없습니다."

"신분은 내가 보증해."

에스메랄다의 당당한 태도는 세상의 그 어떤 풍파도 겪어본 적 없는 것 같았다. 위세 등등한 트럼펫의 선율처럼…….

"에릭, 들어와."

그 순간, 에릭의 귓가에 멜로디가 울려 퍼졌다.

비발디의 봄. 사계의 1악장이었다.

"일단 옷부터 갈아입자."

방으로 들어온 에스메랄다는 손뼉을 쳐 시녀들을 모았다. 행거를 밀고 들어오는 시녀들을 보며 에릭은 주춤 뒷걸음질을 쳤다.

"저는 괜찮습니다."

"내가 안 괜찮아. 어떻게 그 꼴로 내 스승이라 말할 수 있겠어?"

에스메랄다는 에릭의 의견을 완전히 무시한 채 그의 몸에 옷을 여러 벌 가져다 대었다.

"너는 키가 커서 잘 어울릴 거야. 자, 갈아입고 나와. 머리도 손질하고."

하지만, 에릭은 입을 열었다가, 다물었다. 에스메랄다가 내민 옷을 보았기 때문이다.

그녀가 주는 옷들은 에릭이 평생을 벌어도 사지 못할, 그의 삶에 들어와 본 적도 없었던 것들이었다. 그래서 욕심이 났다. 괜찮을까? 저 옷을 입고 내가 어리숙해 보이지 않을까? 걱정이 앞섰지만 그러해도 한 번쯤은 저런 사치품을 가지고 싶었다는 본능이, 그러니까 남들에게 무시당하지 않고 으스댈 수 있는 권리를 얻고 싶다는 욕구가 치달았다. 에릭은 에스메랄다가 내민 옷을 받아 들고 얌전히 탈의실로 들어갔다.

"내 예상이 맞았네."
옷을 갈아입고 나온 에릭을 보며 에스메랄다가 말했다.
"잘 어울려."
생긋 웃는 그녀에게서 또다시 빛이 났다. 조금 전보다 더 밝은 빛, 햇빛보다도 더 선명하고 따끔거리는 빛이 풍겼다. 에릭은 목을 조이는 넥타이의 어색함을 느끼며 에스메랄다의 앞으로 다가갔다.
"피아노는 옆방에 있어. 갈래?"
에릭은 에스메랄다의 이끌림에 따라 걸어갔다. 맞지 않는 구두가 그의 발뒤꿈치를 아프게 했다. 하지만 그는 신발을 벗지 않았다. 그래야만 할 것 같았다.
"냄새가 났거든."
앞서 걸어가는 에스메랄다가 천천히 말했다.
"바깥에 나가면 나는 냄새……. 뭐라 해야 할까, 텁텁한 냄새가 났어."
그건 가난의 냄새라고 대꾸해 주고 싶었다. 너는 일평생 맡아보지 못할 냄새라고. 그러나 그러지 못했다. 에릭 스스로 부끄러워졌기 때문에. 그 역시도 가난의 냄새에 찌든 사람이었기 때문에. 하지만 지금은 그 냄새를 지우고 새 옷을 입고 있는…… 위선자이기 때문이었다.

"그래서 옷을 갈아입힌 거야. 괜찮지?"

"괜찮습니다."

괜찮지 않다. 하지만 괜찮아야 했다. 이곳에서 돈을 받고 일을 하는 이상 그는 무엇이 되었건 괜찮아야만 했다.

"비발디의 봄을 연주해 보고 싶어."

피아노 앞에 다다른 에스메랄다가 말했다. 에릭은 놀랐다. 조금 전, 그녀를 보며 그 곡을 떠올렸었으니까. 그녀에게서 내뿜어지는 빛을 느끼며 봄을 떠올렸었으니까.

그는 피아노 앞에 몸을 앉혔다.

"E장조로 시작하는 곡입니다."

부드러운 연주가 시작되었다. 마치 지금의 날씨처럼 포근하지만 어딘가 날이 서 있는, 그러나 희망차고 밝은 멜로디가 전개되었다. 에스메랄다는 의자를 끌고 와 옆에 앉은 후 그의 옆모습을 물끄러미 쳐다보았다.

"너를 처음 봤을 때 말이야."

에릭은 연주를 멈추지 않았다. 녹색 곡상이 물 흐르듯 지나간다. 에스메랄다는 그의 가느다랗고 기다란 손가락을 바라보며 생긋 웃었다.

"널 사랑하게 될 거라고 생각했어."

에릭의 연주가 뚝, 하고 멈췄다. 그는 천천히 고개를 돌려 에스메랄다를 쳐다보았다. 에스메랄다는 수줍은 소녀처럼 웃으며 그의 손등에 손을 올렸다.

"너는 그렇지 않니?"

그녀의 해사한 웃음을 본 순간, 에릭은 생각했다.

봄의 악장이 개화한 것 같다고.

그 뒤로 에릭은 에스메랄다와 깊은 관계를 맺었다.

때때로 그녀의 감정에 의문을 품었지만 그건 순간이었다. 에스메랄다는 그를 사랑해 주었고, 그 역시 에스메랄다를 사랑했다. 사랑했던 것 같다.

그의 아비는 에릭을 싫어했다. 웬 놈팡이가 나타나 제 딸을 꾀고 있으니 싫어할 법도 했다. 하지만 아비는 하나뿐인 딸의 고집을 꺾을 수 없었고, 에릭은 손쉽게 그들의 집을 함락해 나갔다.

그의 옷은 갈수록 값비싸졌고, 그의 구두는 갈수록 각이 졌다. 그의 회중시계마저도 금이었다! 그는 연주를 멈추었고, 에스메랄다와의 사랑에만 집중했다. 그녀는 마치 어린아이 같았다. 순수하고도 순진한 어린아이. 세상에 대해서는 조금도 모르지만 모든 걸 알고 있는 것처럼 구는 어린아이. 에릭은 그런 에스메랄다가 싫지 않았다. 되레 좋았다. 자신의 말이라면 엎드려 복종할 만큼 그녀는 자신에게 순종적이었으니까.

그러던 어느 날이었다.

에릭은 오랜만에 식스센스 바를 찾았다. 종종 뭉치는 예술가 모임에 참석하기 위해서였다.

"이게 누구야? 에릭 아닌가!"

지배인은 에릭을 보자마자 놀란 듯 눈을 크게 뜨며 그를 환대했다.

"얼굴 보기가 왜 이렇게 힘든가? 잘 지냈나?"

"너무 잘 지내서 탈이지."

에릭은 픽 웃으며 지배인이 뻗은 손을 붙잡았다. 간단한 악수 정도의 인사였다. 하지만 에릭은 제 손바닥이 따끔거리는 것을 느낄 수 있었다. 냄새가 배면 어떡하지? 그랬다간 에스메랄다가 싫어할 게 분명했다. 아니, 더 나아가 저에 대한 실망으로 이어질 수도 있었다. 이런 이들과 함부로 어울렸다며. 에릭은 서둘러 물에 적신 손수건으로 손을 닦았다. 지배인의 얼굴이 굳어졌다.

"오랜만이군."

눈에 익은 이가 인사를 건넸다. 아슬란. 에릭과 종종 합주를 같이하던 친우였다. 꽤 오랜만에 보는 얼굴이었기에 에릭은 반가운 표정을 지으며 그를 맞이했다. 하지만 그는 에릭이 전혀 반갑지 않은 모양이었다.

"대공 집안의 개로 사는 삶은 어떤가? 할 만해?"

그러니 얼굴을 마주하자마자 이런 말을 뱉는 것이 아니겠는가. 에릭은 멈칫했다.

"참 재주도 좋아. 어떻게 그런 돈 많고 멍청한 여자를 꾀어낼 수 있나? 그 재주 나 좀 나눠주지 그래. 나도 여자나 물어서 인생 펴고 싶거든."

그는 낄낄거리며 주변을 둘러보았다. 함께 앉아 있는 이들 모두 아슬란과 비슷한 비소를 짓고 있었다. 에릭은 순간적으로 얼굴이 뜨거워지는 것을 느꼈다. 하지만 여기서 지는 모습을 보여서는 안 됐다. 그러니까 교양 없는, 예의 없는 모습을 보여서는 안 된다는 뜻이다.

"부러우면 부럽다고 말하지 그래, 아슬란."

에릭의 태연한 대꾸에 아슬란은 눈을 가늘게 떴다.

"그래, 부럽다."

아슬란은 한 걸음 에릭에게 다가갔다.

"하지만 네 퇴화한 연주 실력은 전혀 부럽지 않아."

"퇴화?"

에릭은 피식 실소를 뱉었다.

"내가? 내게 그런 말이 어울릴 거라 생각하는 건가?"

아슬란과 친우였지만 그와는 다르다고 생각하던 에릭이다. 에릭의 연주는 듣는 이로 하여금 감동을 주고 귀를 멀게 했으나 아슬란의 연주는 감동은커녕 기교만 남아 있을 뿐이었으니까.

"그럼 어디 한번 해 봐. 장담하건대, 너는 완주도 못 할 거야."

에릭은 으득 이를 갈았다. 제아무리 오랜 시간 연습하지 않았다고 해도 아슬란 따위에게 이런 말을 듣는 건 자존심이 용납하지 않았다. 더군다나 아슬란과 자신은 격이 다르지 않은가! 연주도,

생활방식도. 모두 다 그와 자신은 달랐다. 확연히 차이가 났고, 차별적이었다.

에릭은 피아노 의자에 몸을 앉혔다. 가볍게 손가락을 푼 후, 건반을 누르기 시작했다.

쇼팽의 발라드 제1번. G단조의 선율로 시작한다. 선율은 왈츠와도 같지만 우울한 감성이 묻어 슬픔이 표현된다. 펼쳐지는 화려한 패시지*와 오른손의 아르페지오**가 분위기를 고조시켰다.

클라이맥스로 갈수록 속도가 점점 빨라졌다. Eb 장조의 아르페지오와 오른손의 멜로디가 격하게 전개된다. 다이내믹해지는 멜로디는 에릭의 재능을 숨김없이 보여주었다. 코드의 격함이 가속된다. 고조된 분위기는 오른손을 쉼 없이 움직이게 했다.

모두의 눈에 경악이 서렸다. 아무리 치마폭에 빠져 있다고 한들 에릭은 에릭이었단 말인가. 그의 연주는 힘이 있었고 감동이 있었다. 모두가 고조되는 악장을 느끼며 숨을 가쁘게 몰아쉬었다.

이때였다.

팅, 하고 그의 손가락이 튕겨졌다. 음 이탈이 났다.

좌중이 고요해졌다. 에릭조차 놀라 더 연주를 이어나가지 못했다. 이제껏 남들 앞에서 연주하며 음 이탈 같은 걸 내 본 적 없던

---

* passage. 독주 기악곡에서 선율음의 사이를 높거나 낮은 방향으로 급하게 진행하는 부분.

** arpeggio. 펼침화음. 화음을 이루는 각 음들을 한꺼번에 소리 내지 않고 아래에서 위로, 위에서 아래로, 또는 오르내리는 꼴로 내도록 한 화음.

그였으니까.

그는 빠르게 상황을 판단한 후 다시 악장을 이어갔다. 아니, 이어가려 했다. 음은 전개되지 않았다. 한 번 꼬인 손가락은 다시 돌아오지 않았다.

하하, 어디선가 웃음소리가 들렸다. 웃음소리는 점점 커지더니 음악 소리를 묻을 만큼 거대해졌다. 에릭은 끊임없이 연주를 재개하려 했으나 아무것도 하지 못했다. 그의 얼굴이 새빨개졌다. 이제야 말끔한 소매 끝과 잘 다려진 바지, 반짝반짝 빛이 나는 구두가 눈에 들어왔다.

알았다.

순종적인 건 에스메랄다가 아니었다.

바로 에릭, 그 자신이었다.

그리고 그는 에스메랄다에게 편지 한 통을 남기고 떠났다.

Fin

나는 그가 나를 왜 떠났는지 이유를 알지 못했다.

그저 그가 혁명군에 참여했다는 것만 알 수 있었다.

그리고 또한 알았다.

그가 죽었으리란 것을.

소식을 전해 듣거나 한 게 아니다. 이는 직감이었다.

가슴 한구석이 싸해진 날이 있었다. 그날따라 물도 잘 먹히지 않았고 자꾸만 토가 나왔다. 숨이 잘 쉬어지지 않았다. 아무래도 에릭이 보고 싶어 이러는 것 같아 그에게 처음 배웠던 봄을 치기 위해 피아노 앞에 앉았다. 피아노 커버가 떨어져 내 손가락을 부쉈다. 신경이 마비돼 손끝을 움직일 수 없게 됐다. 그래서 나는 알았다. 에릭이 죽었구나, 하고.

'그런 말도 못 들어봤습니까.'

에릭이 했던 말이 떠오른다.

'부엉이는 종달새의 보금자리에 들어가지 않는 법이라고요.'*

나는 아직도 그 말을 이해할 수가 없었다. 종달새가 친히 초대했거늘, 부엉이는 왜 들어오면 안 되는 걸까? 사이좋게 지낼 수도 있지 않았을까. 종달새가 물어오는 먹이를 받아먹으며, 종달새가 잘 만들어 놓은 보금자리에서 편히 쉬며……

그가 때때로 차별적인 시선으로 나를 바라보았던 것을 안다. 하지만 그건 아랫것들의 어쩔 수 없는 눈빛일 뿐이라고 생각했다. 그러니 내가 조금 더 잘 보살펴 주면 될 것이라고, 위에 있는 사람은 언제나 아래에 있는 사람을 살펴야 하니까. 그런 마음으로 에릭을 대했는데, 그는 대체 왜 나를 떠난 걸까?

바람이 불어왔다.

---

* '빅토르 위고'의 〈파리의 노트르담〉에서 인용.

노을을 담고 있는 바람.

그리고 봄을 품고 있는 바람.

그와의 사랑을 듬뿍 머금고 있는 바람.

나는 바람결에 흩날리는 머리를 가다듬지 않은 채 난간에 등을 기대고 섰다. 그리고 방 안을 천천히 살펴보았다. 모든 곳에 묻어 있는 에릭과의 흔적을 더듬어 보았다. 그리고 생각했다.

잘못된 것은 아무것도 없었다고.

나는 끝까지 그렇게 생각했다.

D.C

본 글은 웹소설용 원고였다. 사랑에 배신당한 여자가 자살로 생을 마무리하고, 회귀해 과거로 돌아간 뒤 새로운 삶을 살게 되는 내용. 언젠가는 한번 써 봐야지 하는 생각만 6년을 했다. 하지만 자립심 내지 성취욕을 집중 조명해야 하는 요즘 트렌드에 맞지 않아 저만치 미뤄뒀다.

이러던 와중 식스센스 단편 제안은 매우 감사한 일이었다. 묵혀뒀던 원고를 재탄생시킬 기회가 생긴 거니까.

신이 나서 작업을 했다. 문장을 깎고 다듬을 때는 내게도 이런 재주가 있구나, 제페토 같은 말을 하기도 했었다. 그러다 내용을 보며 내가 할 줄 아는 게 있기는 한가, 하는 피노키오 같은 말도 했었다. 어느 날은 조각가였다가 어느 날은 망가진 장난감이 되었다가 여러모로 많은 탈바꿈을 했다. 그렇게 원고를 썼다.

본 글은 피아노를 배경으로 해 음악이 주가 된다. 쇼팽의 즉흥곡과 베토벤의 월광 소나타, 라흐마니노프의 협주곡 등. 평소 내가 즐겨 듣는 음악이다. 한데 이걸 글로 표현하려니 참 어려웠다. 용어는 왜 이렇게 많은지, 하나씩 찾아가며 서술했지만 그 시대의 최고 음악가들의 음악을 글로 표현하기란 어렵기 짝이 없었다. 부디 글을 읽는 독자님들의 상상력이 풍부했으면 좋겠다. 시각을 청각으로 구현하는 공감각이 있으면 더 좋고.

본 글은 차별에 관한 이야기다. 귀족 아가씨의 태도에 눈살을 찌푸린 분들도 더러 있을 것이다. 하지만 그들은 그렇다. 높은 사람이기 때문에 시혜적 태도를 보이며 그것이 시혜인 줄 모르는, 그러니까 스스로 높은 사람이라는 전제를 깔고 들어가는 이들이다. 반면 피아니스트는 차별을 반대한다. 정확히 말하면 반대하는 것이 아니라 반대할 수밖에 없기 때문에 반대한다. 낮은 계층에 있기 때문이다. 그러나 점점 위의 계급으로 올라가며 그는 변한다. 그러다 깨닫는다. 내가 지금 뭘 하고 있는 거지?

세상은 두 부류로 나뉜다. 차별하는 사람, 차별받는 사람. 나는 과연 어느 쪽일까? 한 번은 생각해 주시면 감사하겠다.

차소희

식스센스

1판 1쇄 발행 2020년 10월 20일

지은이 노희준 우다영 이갑수 정명섭 정재희 차소희

발행인 박광운
편집인 박재은

발행처 손안의책
출판등록 2002년 10월 7일 (제307-2015-69호)
주소 서울 성북구 화랑로 214, 102동 601호
전화 02-325-2375 팩스 02-6499-2375
카페 http://cafe.naver.com/bookinhand
이메일 bookinhand@hanmail.net

ISBN 979-11-86572-58-0 03810

이 도서의 국립중앙도서관 출판예정도서목록(CIP)은 서지정보유통지원시스템 홈페이지(http://seoji.nl.go.kr)와
국가자료종합목록 구축시스템(http://kolis-net.nl.go.kr)에서 이용하실 수 있습니다.
CIP제어번호: CIP2020040834

이 책은 식스센스 문화발전소의 지원과 공동 기획으로 손안의책이 제작하였습니다.